LEYENDAS DE AMÉRICA

Silvia Dubovoy

Ilustrado por **Marta Rivera Ferner**

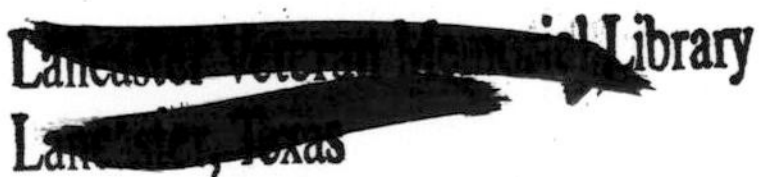

Dirección Editorial: Raquel López Varela
Coordinación Editorial: Ana María García Alonso
Maquetación: Cristina A. Rejas Manzanera
Ilustraciones: Marta Rivera Ferner

Carretera León-La Coruña, km 5 - LEÓN
ISBN-13: 978-84-241-1304-9
ISBN-10: 84-241-1304-7
Depósito legal: LE. 1170-2006
Printed in Spain - Impreso en España
EDITORIAL EVERGRÁFICAS, S. L.
Carretera León-La Coruña, km 5
LEÓN (España)
Atención al cliente: 902 123 400
www.everest.es

LEYENDAS DE AMÉRICA

Silvia Dubovoy

Ilustrado por **Marta Rivera Ferner**

EVEREST

ÍNDICE

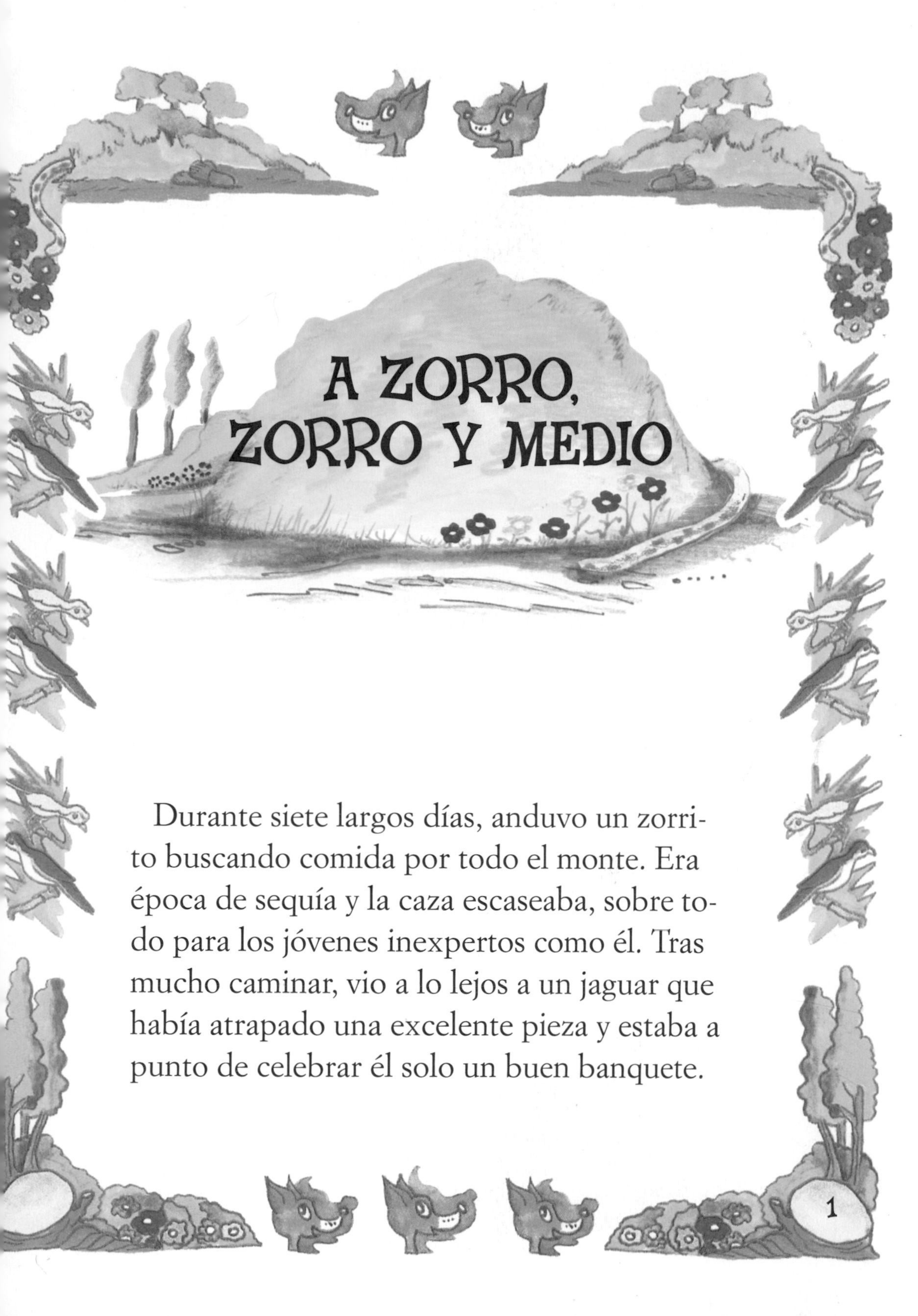

A ZORRO, ZORRO Y MEDIO

Durante siete largos días, anduvo un zorrito buscando comida por todo el monte. Era época de sequía y la caza escaseaba, sobre todo para los jóvenes inexpertos como él. Tras mucho caminar, vio a lo lejos a un jaguar que había atrapado una excelente pieza y estaba a punto de celebrar él solo un buen banquete.

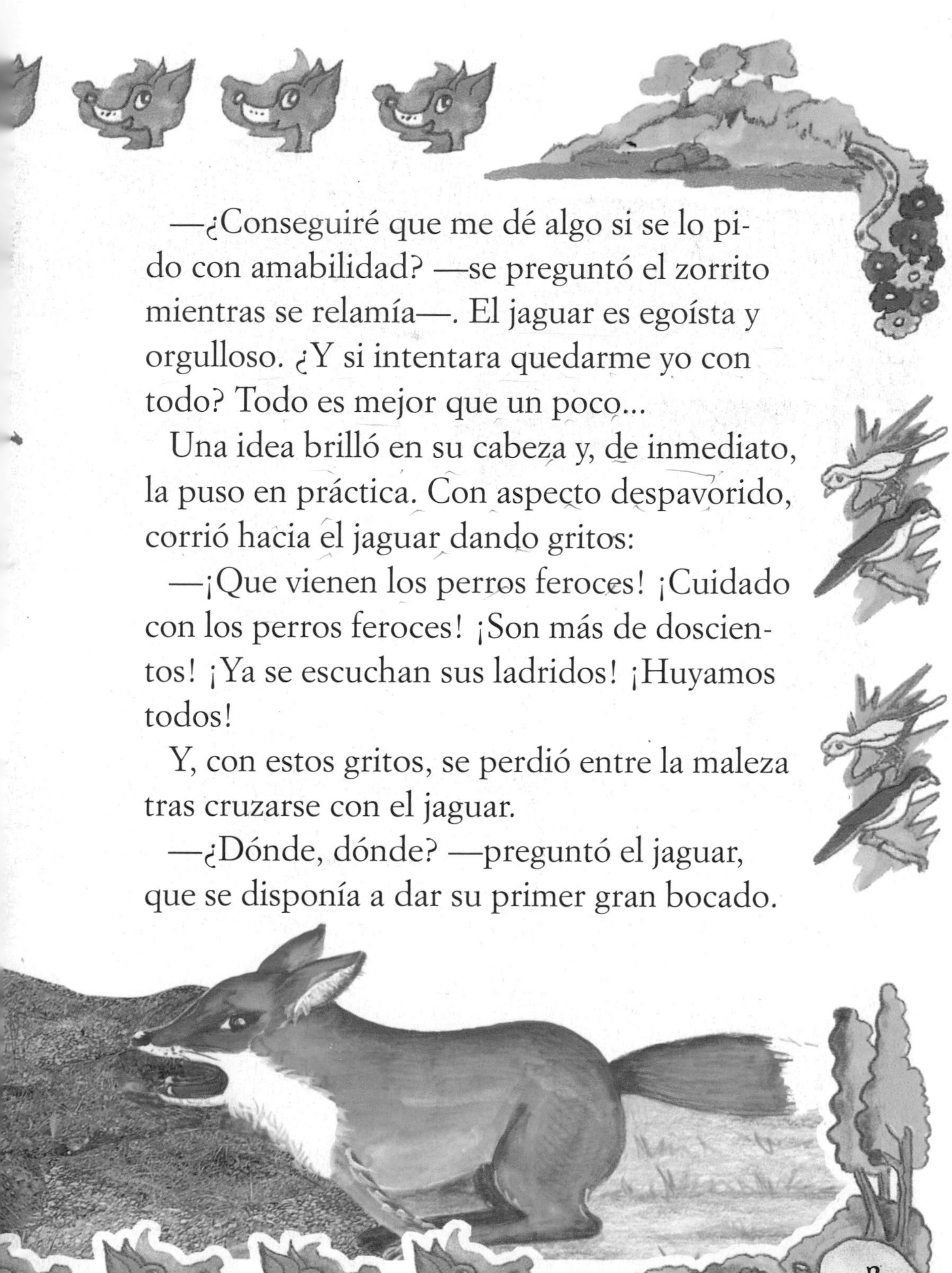

—¿Conseguiré que me dé algo si se lo pido con amabilidad? —se preguntó el zorrito mientras se relamía—. El jaguar es egoísta y orgulloso. ¿Y si intentara quedarme yo con todo? Todo es mejor que un poco...

Una idea brilló en su cabeza y, de inmediato, la puso en práctica. Con aspecto despavorido, corrió hacia el jaguar dando gritos:

—¡Que vienen los perros feroces! ¡Cuidado con los perros feroces! ¡Son más de doscientos! ¡Ya se escuchan sus ladridos! ¡Huyamos todos!

Y, con estos gritos, se perdió entre la maleza tras cruzarse con el jaguar.

—¿Dónde, dónde? —preguntó el jaguar, que se disponía a dar su primer gran bocado.

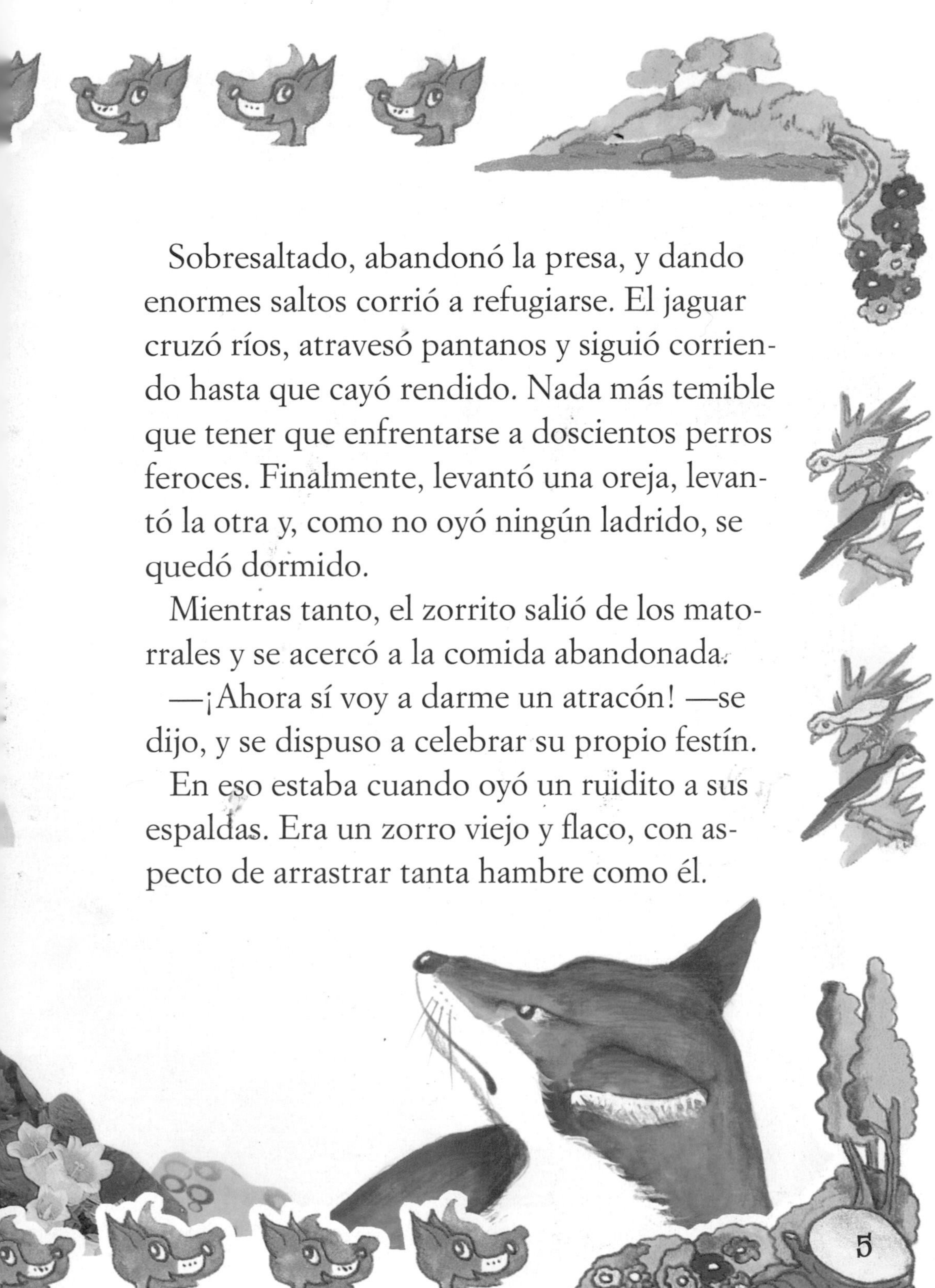

Sobresaltado, abandonó la presa, y dando enormes saltos corrió a refugiarse. El jaguar cruzó ríos, atravesó pantanos y siguió corriendo hasta que cayó rendido. Nada más temible que tener que enfrentarse a doscientos perros feroces. Finalmente, levantó una oreja, levantó la otra y, como no oyó ningún ladrido, se quedó dormido.

Mientras tanto, el zorrito salió de los matorrales y se acercó a la comida abandonada.

—¡Ahora sí voy a darme un atracón! —se dijo, y se dispuso a celebrar su propio festín.

En eso estaba cuando oyó un ruidito a sus espaldas. Era un zorro viejo y flaco, con aspecto de arrastrar tanta hambre como él.

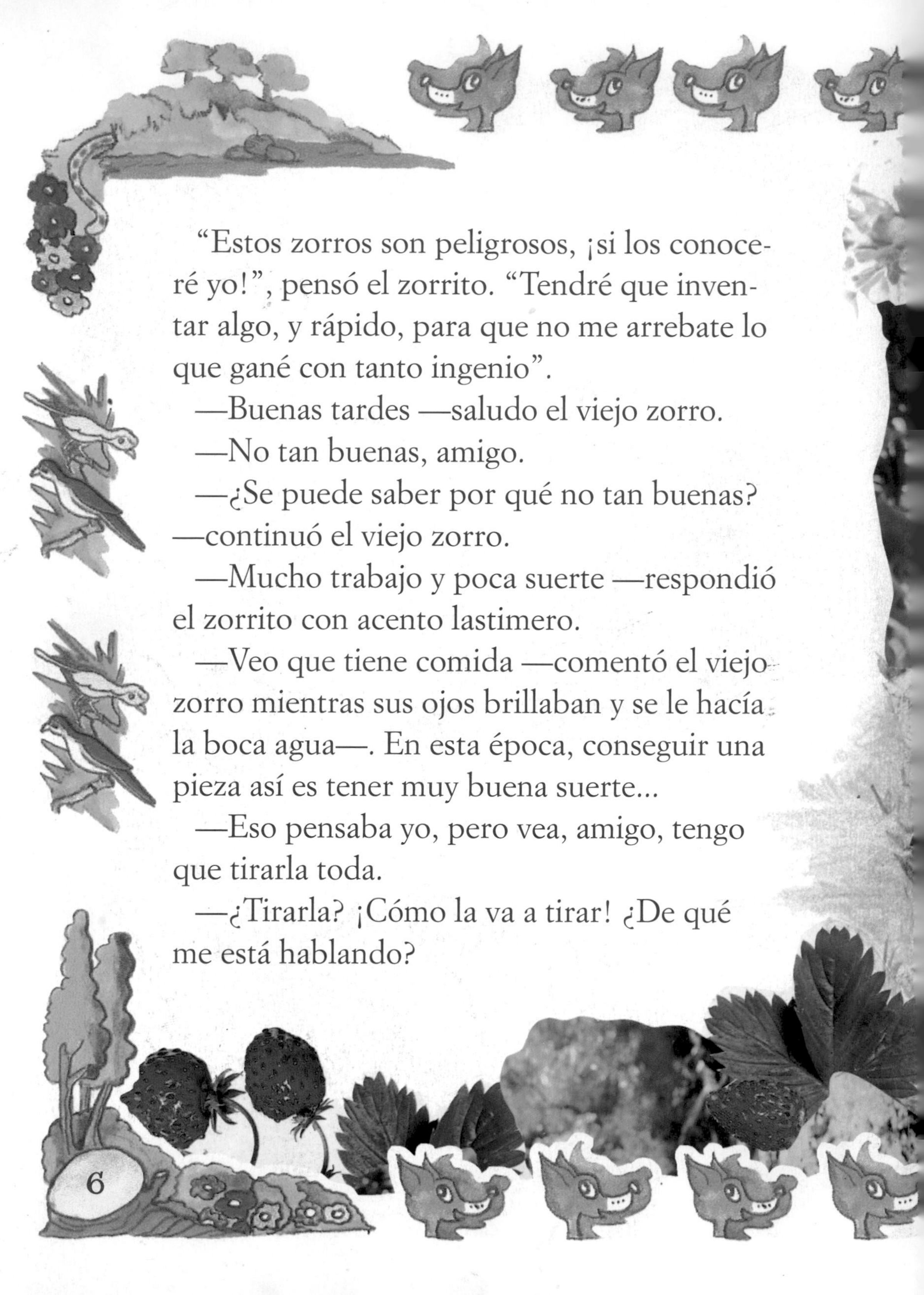

"Estos zorros son peligrosos, ¡si los conoceré yo!", pensó el zorrito. "Tendré que inventar algo, y rápido, para que no me arrebate lo que gané con tanto ingenio".

—Buenas tardes —saludo el viejo zorro.

—No tan buenas, amigo.

—¿Se puede saber por qué no tan buenas? —continuó el viejo zorro.

—Mucho trabajo y poca suerte —respondió el zorrito con acento lastimero.

—Veo que tiene comida —comentó el viejo zorro mientras sus ojos brillaban y se le hacía la boca agua—. En esta época, conseguir una pieza así es tener muy buena suerte...

—Eso pensaba yo, pero vea, amigo, tengo que tirarla toda.

—¿Tirarla? ¡Cómo la va a tirar! ¿De qué me está hablando?

—¡Puajjj, qué asco!... —dijo el zorrito escupiendo el único bocado que había conseguido dar—. Esta carne está envenenada. Por suerte me di cuenta nada más probarla...

—Pero, amigo —respondió el zorro viejo—, ¡tiene que ir inmediatamente al río a enjuagarse la boca! ¡Probar un bocado envenenado es muy peligroso! Vaya usted y lávese bien, que yo me quedaré cuidando la carne envenenada para que nadie se acerque...

Obligado a seguir con su mentira, el zorrito fue hacia el río escupiendo para todos lados y maquinando cómo alejar al viejo zorro de la presa.

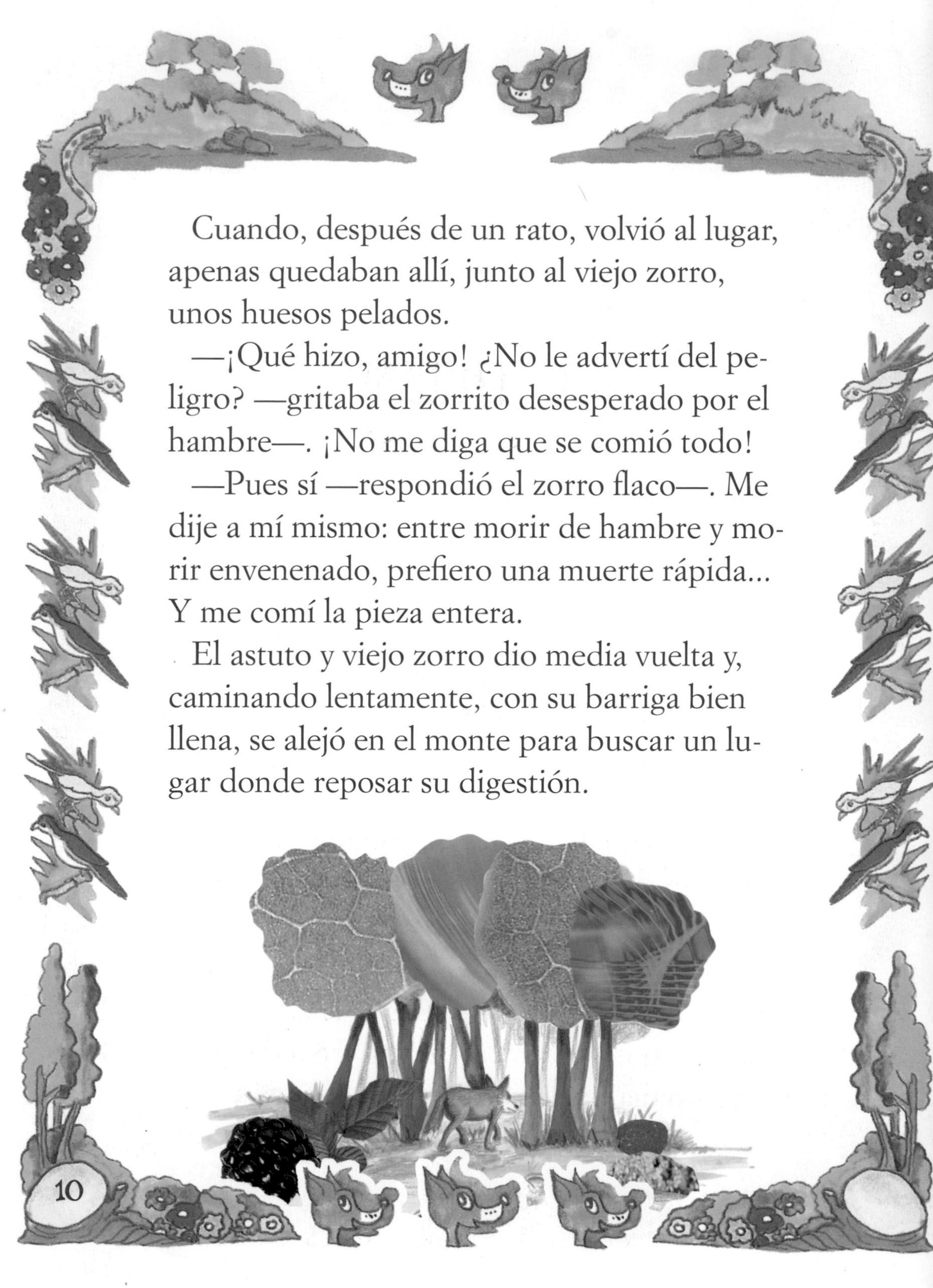

Cuando, después de un rato, volvió al lugar, apenas quedaban allí, junto al viejo zorro, unos huesos pelados.

—¡Qué hizo, amigo! ¿No le advertí del peligro? —gritaba el zorrito desesperado por el hambre—. ¡No me diga que se comió todo!

—Pues sí —respondió el zorro flaco—. Me dije a mí mismo: entre morir de hambre y morir envenenado, prefiero una muerte rápida... Y me comí la pieza entera.

El astuto y viejo zorro dio media vuelta y, caminando lentamente, con su barriga bien llena, se alejó en el monte para buscar un lugar donde reposar su digestión.

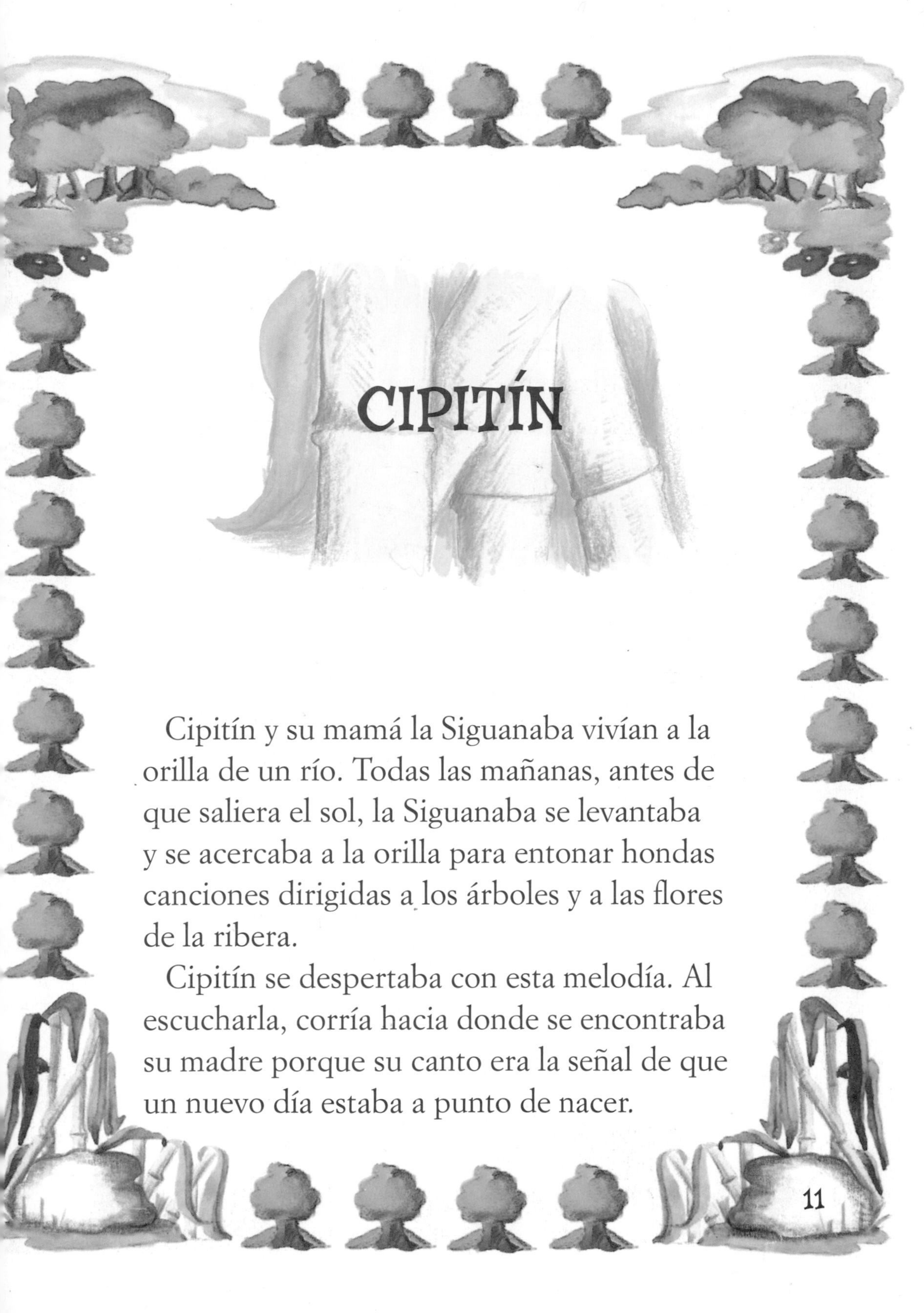

CIPITÍN

Cipitín y su mamá la Siguanaba vivían a la orilla de un río. Todas las mañanas, antes de que saliera el sol, la Siguanaba se levantaba y se acercaba a la orilla para entonar hondas canciones dirigidas a los árboles y a las flores de la ribera.

Cipitín se despertaba con esta melodía. Al escucharla, corría hacia donde se encontraba su madre porque su canto era la señal de que un nuevo día estaba a punto de nacer.

Una mañana, con los ojos aún entrecerrados, oyó las familiares melodías de la Siguanaba. Le sobresaltó que, de pronto, éstas se interrumpieran. Asustado por el silencio repentino, Cipitín corrió buscando a su madre.

Desde la orilla sólo alcanzó a ver cómo, a lo lejos, río abajo, se la llevaba la corriente.

Cipitín siguió, corre que corre, el rumbo del río, tratando de alcanzarla. Cuanto más corría, más rápida parecía la corriente del río, hasta que la Siguanaba desapareció a lo lejos.

Muy cansado y abatido, se sentó el niño a llorar en la orilla mientras el agua del río le lamía los pies heridos en la carrera. Cuando se le acabaron las lágrimas, cortó una caña

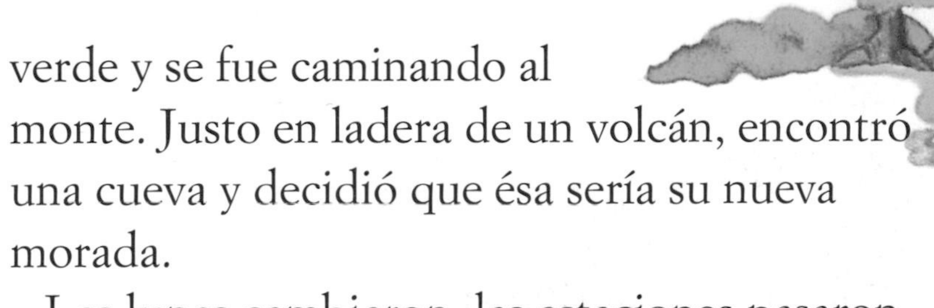

verde y se fue caminando al monte. Justo en ladera de un volcán, encontró una cueva y decidió que ésa sería su nueva morada.

Las lunas cambiaron, las estaciones pasaron, los años siguieron su curso y las generaciones de los hombre se renovaron. Pero Cipitín siguió conservando la piel fresca de sus diez años, el cabello negro, los ojos brillantes y su caña verde.

Los días pasaban para él sin variaciones. Le encantaba saltar de piedra en piedra en los

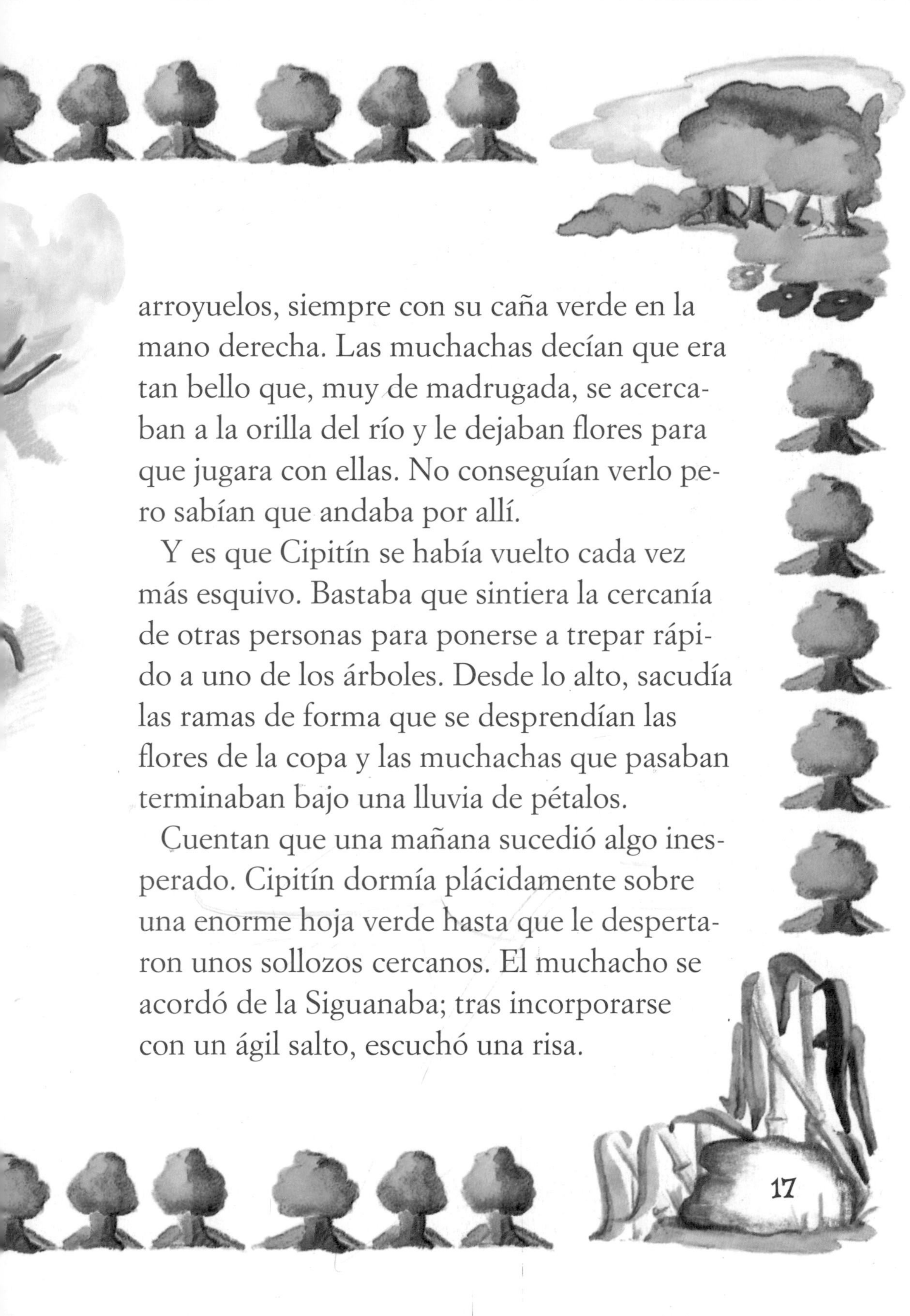

arroyuelos, siempre con su caña verde en la mano derecha. Las muchachas decían que era tan bello que, muy de madrugada, se acercaban a la orilla del río y le dejaban flores para que jugara con ellas. No conseguían verlo pero sabían que andaba por allí.

Y es que Cipitín se había vuelto cada vez más esquivo. Bastaba que sintiera la cercanía de otras personas para ponerse a trepar rápido a uno de los árboles. Desde lo alto, sacudía las ramas de forma que se desprendían las flores de la copa y las muchachas que pasaban terminaban bajo una lluvia de pétalos.

Cuentan que una mañana sucedió algo inesperado. Cipitín dormía plácidamente sobre una enorme hoja verde hasta que le despertaron unos sollozos cercanos. El muchacho se acordó de la Siguanaba; tras incorporarse con un ágil salto, escuchó una risa.

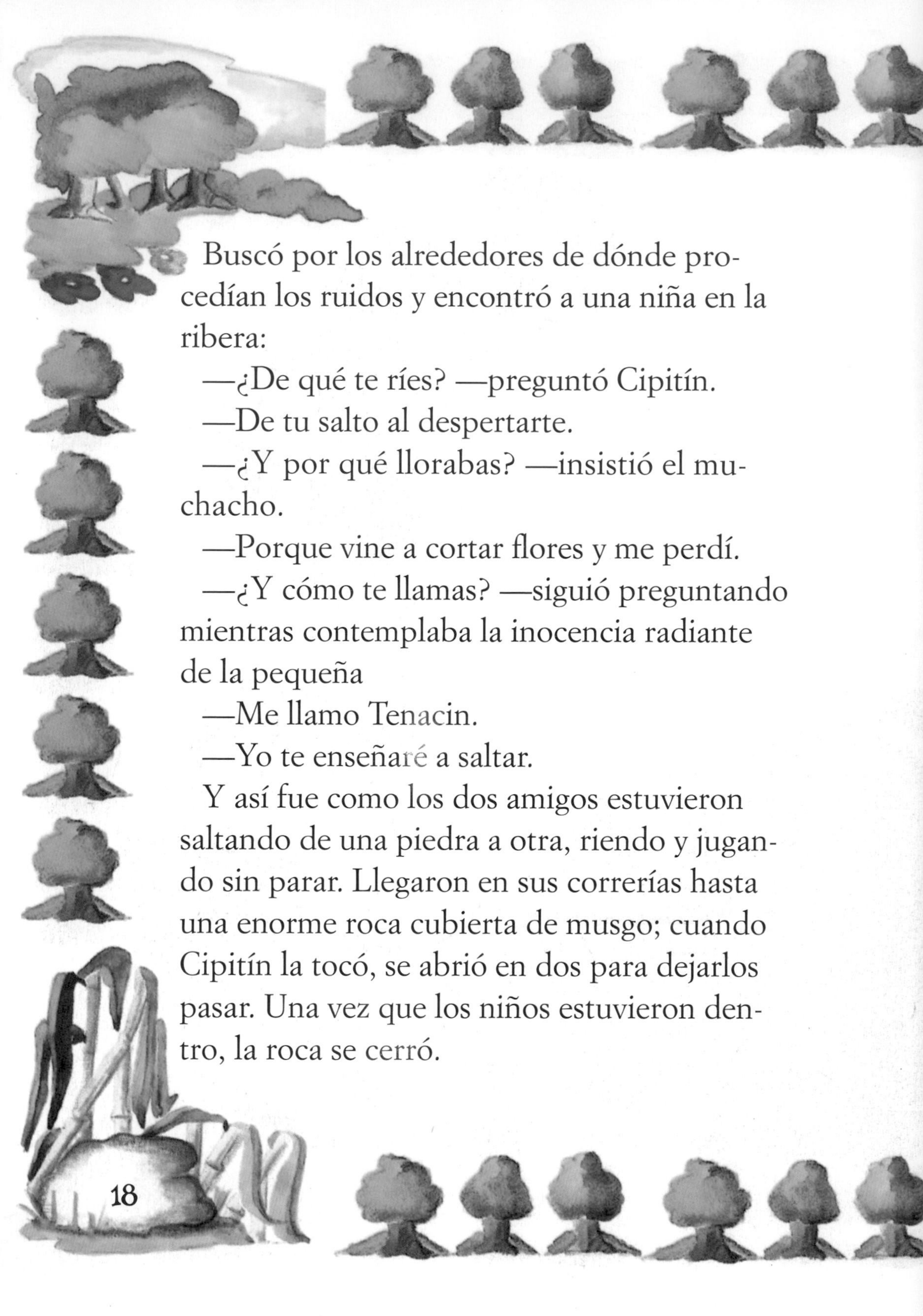

Buscó por los alrededores de dónde procedían los ruidos y encontró a una niña en la ribera:

—¿De qué te ríes? —preguntó Cipitín.

—De tu salto al despertarte.

—¿Y por qué llorabas? —insistió el muchacho.

—Porque vine a cortar flores y me perdí.

—¿Y cómo te llamas? —siguió preguntando mientras contemplaba la inocencia radiante de la pequeña

—Me llamo Tenacin.

—Yo te enseñaré a saltar.

Y así fue como los dos amigos estuvieron saltando de una piedra a otra, riendo y jugando sin parar. Llegaron en sus correrías hasta una enorme roca cubierta de musgo; cuando Cipitín la tocó, se abrió en dos para dejarlos pasar. Una vez que los niños estuvieron dentro, la roca se cerró.

Cuentan los habitantes de El Salvador que cualquiera que camine por las orillas de un río, puede encontrar a Cipitín con Tenacin, montados sobre un lirio o escondidos en las copas de los árboles. Si las ramas parecen sacudirse dejando caer los pétalos de flores, es que ellos están jugando a embellecer las cabezas de las muchachas que se bañan en el río.

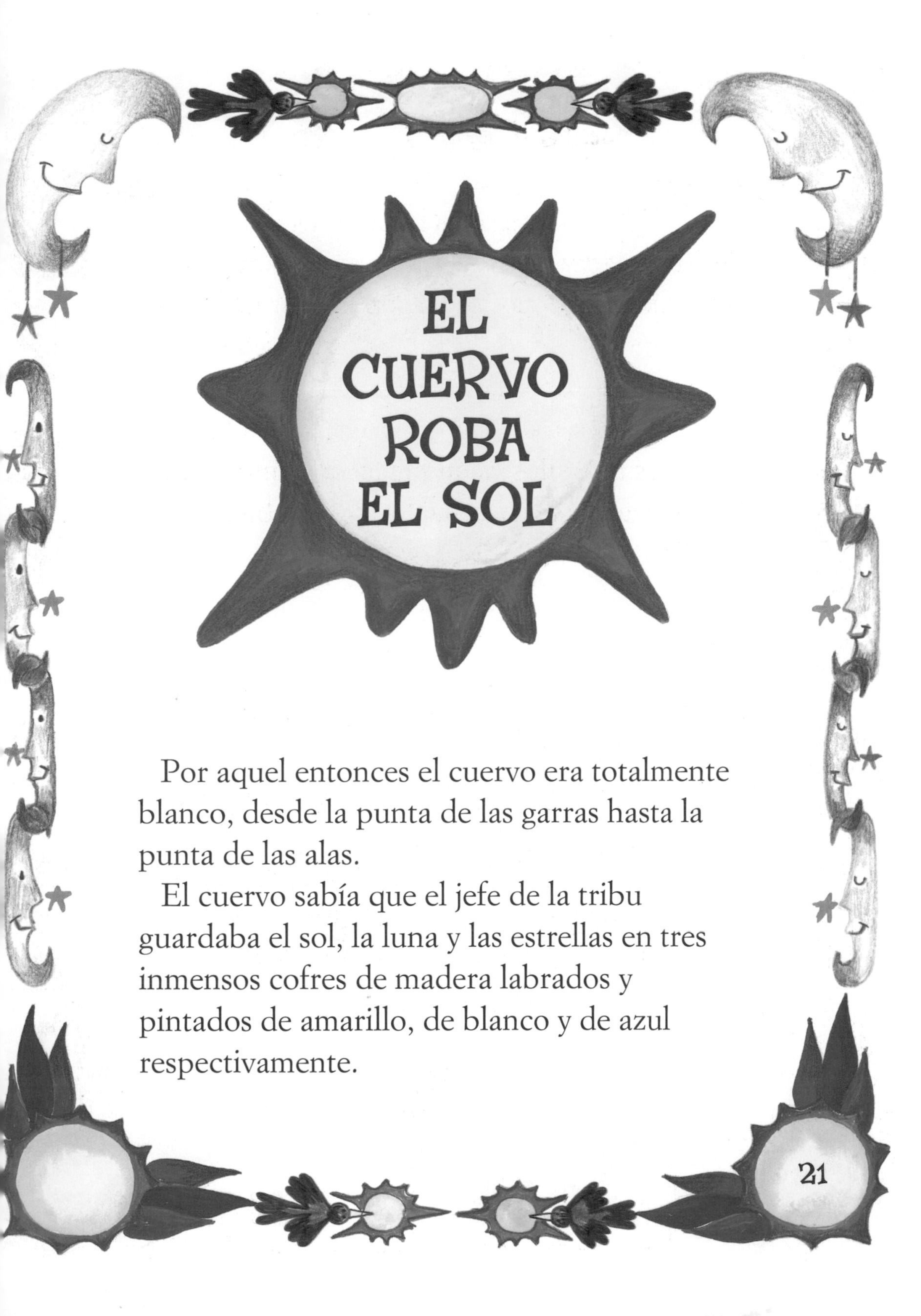

EL CUERVO ROBA EL SOL

Por aquel entonces el cuervo era totalmente blanco, desde la punta de las garras hasta la punta de las alas.

El cuervo sabía que el jefe de la tribu guardaba el sol, la luna y las estrellas en tres inmensos cofres de madera labrados y pintados de amarillo, de blanco y de azul respectivamente.

Los cofres estaban custodiados en el centro de la casa del jefe, y nadie podía acercarse a ellos. Ni siquiera su esposa o su hija.

Una tarde, el cuervo se posó sobre el tiro de la chimenea y escuchó el lamento del jefe de la tribu. Le decía a su esposa que se sentía viejo y que le apenaba sobremanera comprobar que su hija no tenía descendencia. Deseaba un nieto, y temía morir y que su linaje se perdiera.

En ese mismo instante, el cuervo blanco tuvo una feliz idea. Se convirtió en un bebé y se colocó a la entrada de la casa. El jefe oyó un llanto, abrió la puerta y grande fue su sorpresa al encontrarse con un niño.

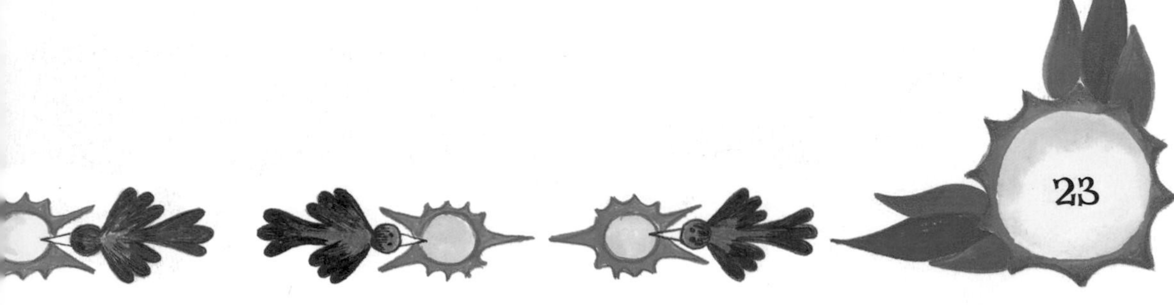

Lo tomó amorosamente en sus brazos, lo llevó cerca de la chimenea y pidió que le trajeran leche.

Era tan intenso su deseo de tener un nieto que le pareció que ese pequeño se lo enviaban los dioses. En su regocijo, no le importó ni el origen del bebé ni su insistente llanto; él lo cuidaba y lo abrazaba con ternura como si fuera sangre de su sangre.

Pasados unos meses, el niño empezó a dar sus primeros pasos y a descubrir el mundo que lo rodeaba. Una mañana que no cesaba de llorar, el niño señaló el cofre azul. Quería jugar con él, y el jefe, para complacerlo, se lo permitió.

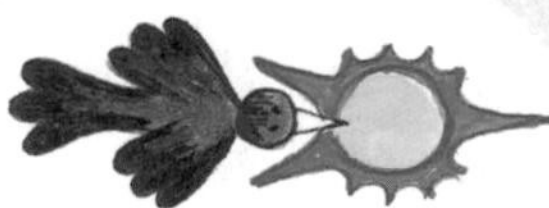

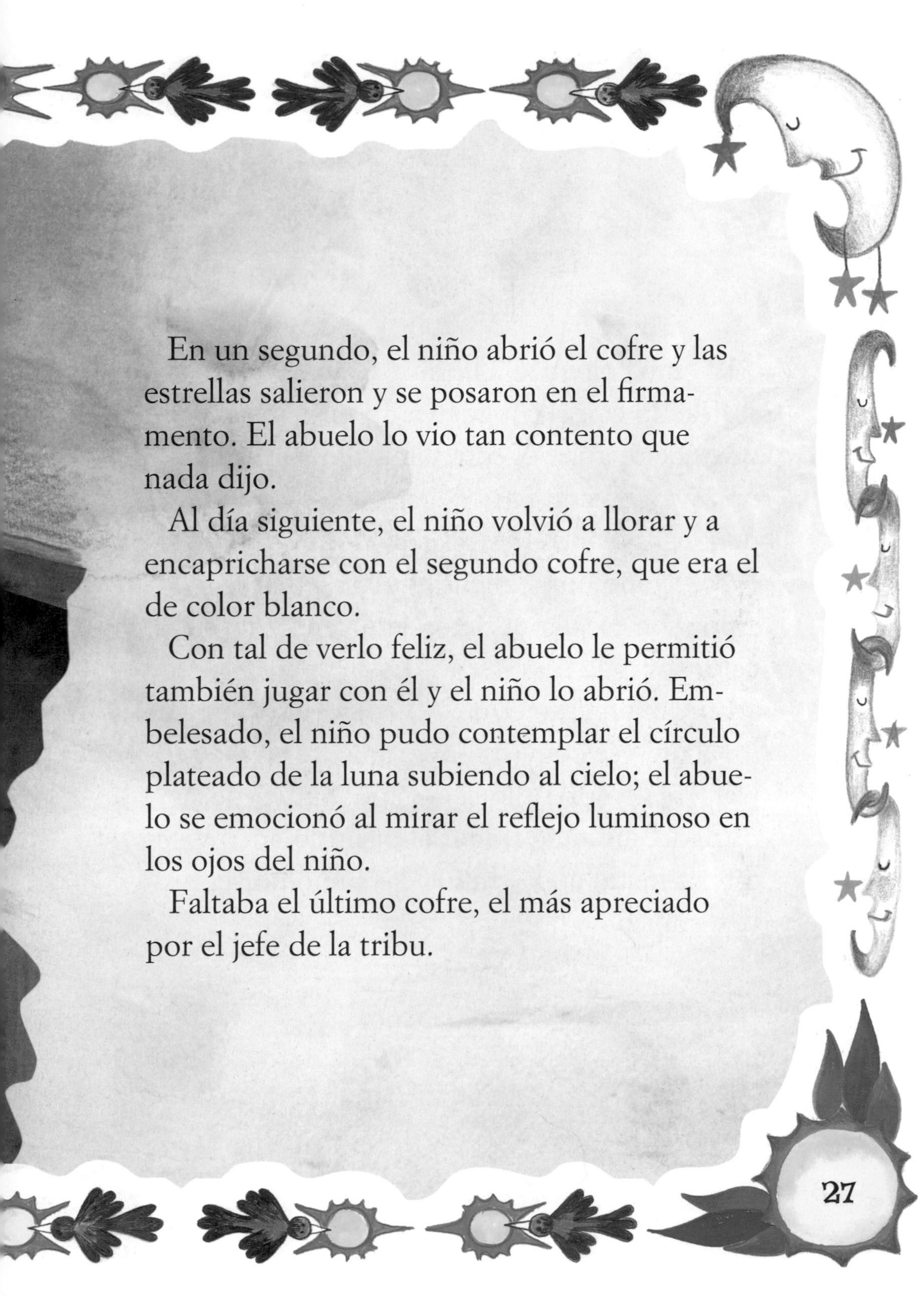

En un segundo, el niño abrió el cofre y las estrellas salieron y se posaron en el firmamento. El abuelo lo vio tan contento que nada dijo.

Al día siguiente, el niño volvió a llorar y a encapricharse con el segundo cofre, que era el de color blanco.

Con tal de verlo feliz, el abuelo le permitió también jugar con él y el niño lo abrió. Embelesado, el niño pudo contemplar el círculo plateado de la luna subiendo al cielo; el abuelo se emocionó al mirar el reflejo luminoso en los ojos del niño.

Faltaba el último cofre, el más apreciado por el jefe de la tribu.

El niño comenzó a llorar y el abuelo intentó distraerlo con sus juguetes. El niño insistía en que quería abrir el cofre amarillo y el abuelo no tuvo corazón para negárselo. Cuando las pequeñas manos destaparon el último cofre, el sol, como una inmensa burbuja de fuego, empezó a escalar el cielo, dando su luz y su calor sobre la tierra.

En el momento en que el sol ascendía al cielo, el niño se convirtió nuevamente en cuervo y el jefe comprendió el engaño. Sintiéndose burlado, intentó atrapar al pájaro blanco y éste se metió en la chimenea, subió por el tiro y se cubrió de hollín.

¡Cuál no sería la sorpresa del cuervo al ver, a la luz del sol, que todo su plumaje y también su largo pico se habían vuelto de color negro azabache!

Pero al cuervo no le importó.

Se sentía feliz por haber cumplido su misión en la tierra: los hombres disfrutarían de la luz y del calor del astro rey todos los días, y ningún jefe podría atesorar para sí mismo este regalo de los dioses.

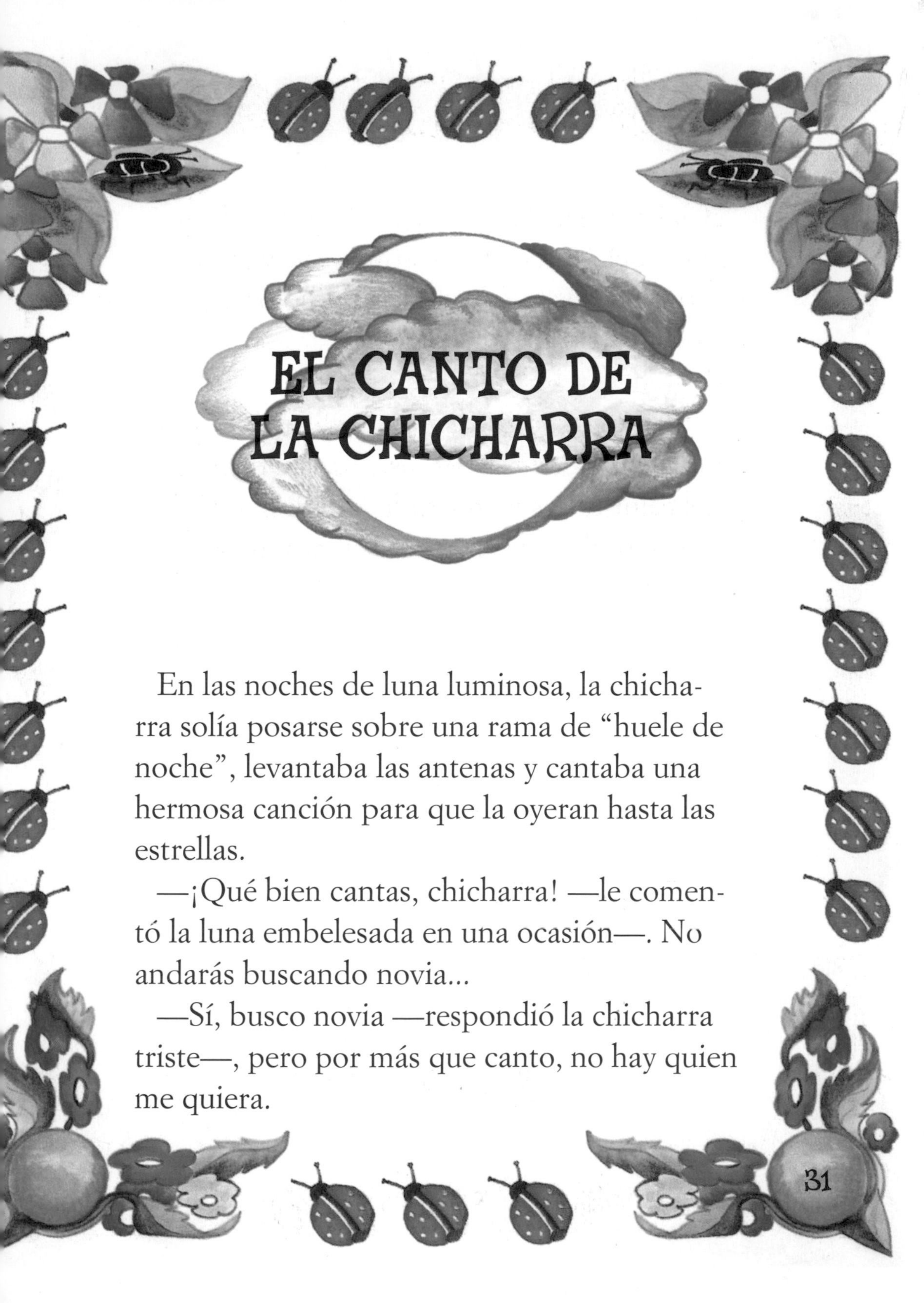

EL CANTO DE LA CHICHARRA

En las noches de luna luminosa, la chicharra solía posarse sobre una rama de "huele de noche", levantaba las antenas y cantaba una hermosa canción para que la oyeran hasta las estrellas.

—¡Qué bien cantas, chicharra! —le comentó la luna embelesada en una ocasión—. No andarás buscando novia...

—Sí, busco novia —respondió la chicharra triste—, pero por más que canto, no hay quien me quiera.

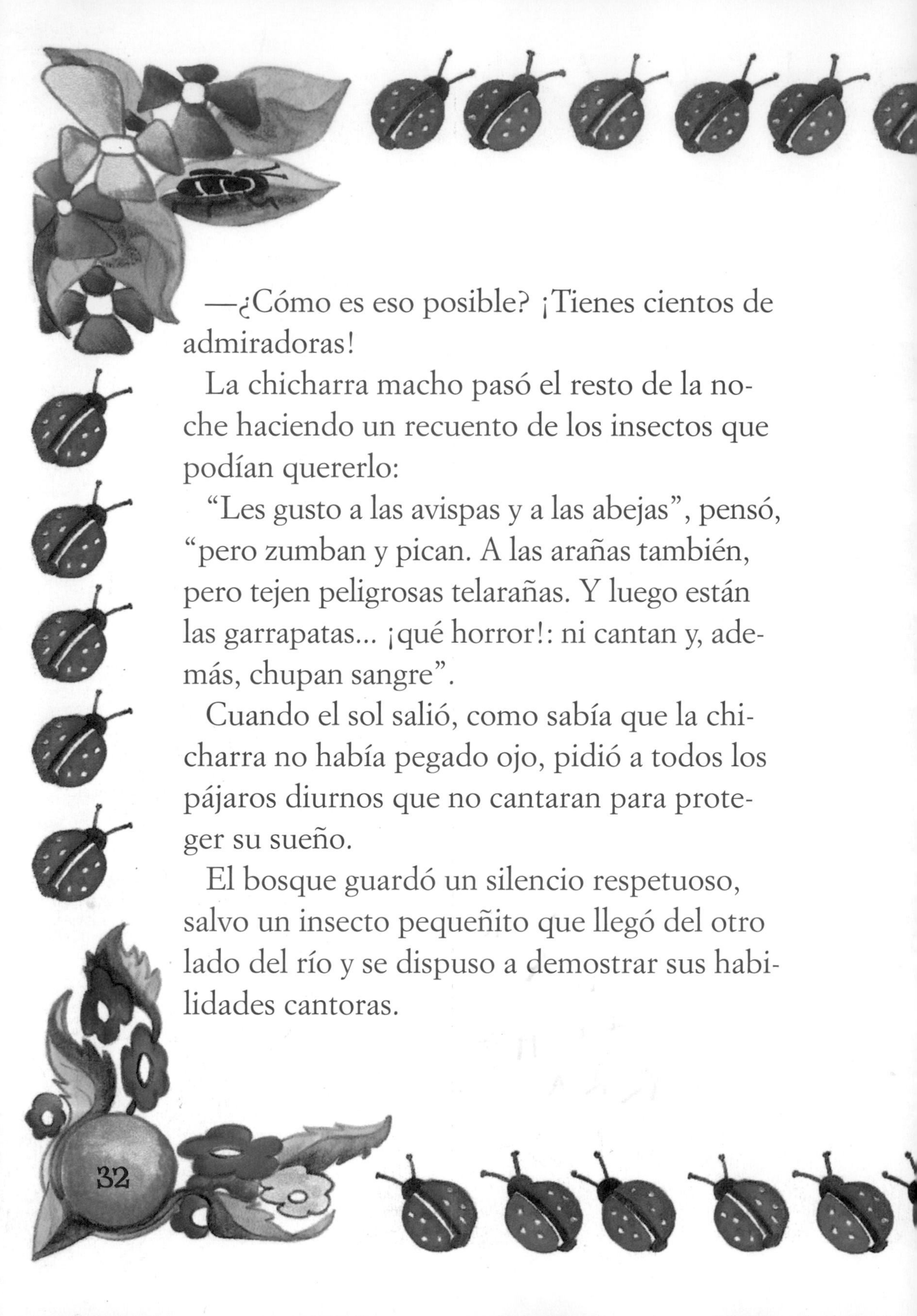

—¿Cómo es eso posible? ¡Tienes cientos de admiradoras!

La chicharra macho pasó el resto de la noche haciendo un recuento de los insectos que podían quererlo:

“Les gusto a las avispas y a las abejas”, pensó, “pero zumban y pican. A las arañas también, pero tejen peligrosas telarañas. Y luego están las garrapatas... ¡qué horror!: ni cantan y, además, chupan sangre”.

Cuando el sol salió, como sabía que la chicharra no había pegado ojo, pidió a todos los pájaros diurnos que no cantaran para proteger su sueño.

El bosque guardó un silencio respetuoso, salvo un insecto pequeñito que llegó del otro lado del río y se dispuso a demostrar sus habilidades cantoras.

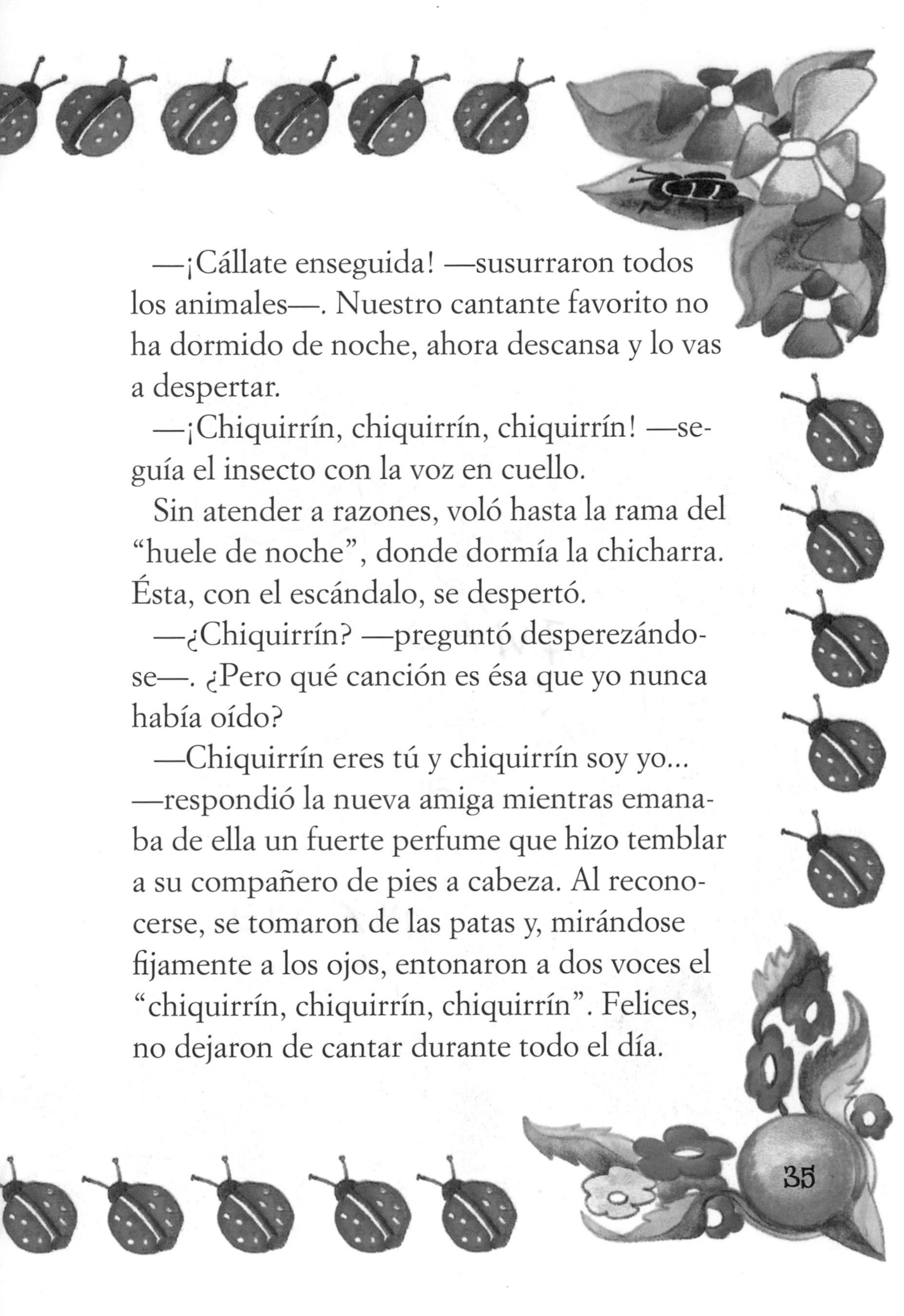

—¡Cállate enseguida! —susurraron todos los animales—. Nuestro cantante favorito no ha dormido de noche, ahora descansa y lo vas a despertar.

—¡Chiquirrín, chiquirrín, chiquirrín! —seguía el insecto con la voz en cuello.

Sin atender a razones, voló hasta la rama del "huele de noche", donde dormía la chicharra. Ésta, con el escándalo, se despertó.

—¿Chiquirrín? —preguntó desperezándose—. ¿Pero qué canción es ésa que yo nunca había oído?

—Chiquirrín eres tú y chiquirrín soy yo... —respondió la nueva amiga mientras emanaba de ella un fuerte perfume que hizo temblar a su compañero de pies a cabeza. Al reconocerse, se tomaron de las patas y, mirándose fijamente a los ojos, entonaron a dos voces el "chiquirrín, chiquirrín, chiquirrín". Felices, no dejaron de cantar durante todo el día.

—Estamos enamorados —concluyó él—; ¿qué te parece si nos casamos, compartimos esta rama y cantamos todos los días...?

—¡Acepto, chiquirrín! Cruzaré el río para comunicar a todos mis amigos tan feliz noticia —y con un frote de antenas sellaron su amor y se despidieron.

Pero los demás animales del bosque estaban hartos de tanto chiquirrín. Su gran cantante no podía casarse con alguien que sólo supiera cantar chiquirrín.

Hicieron una asamblea y se decidió que la araña tejiera una telaraña en la rama del

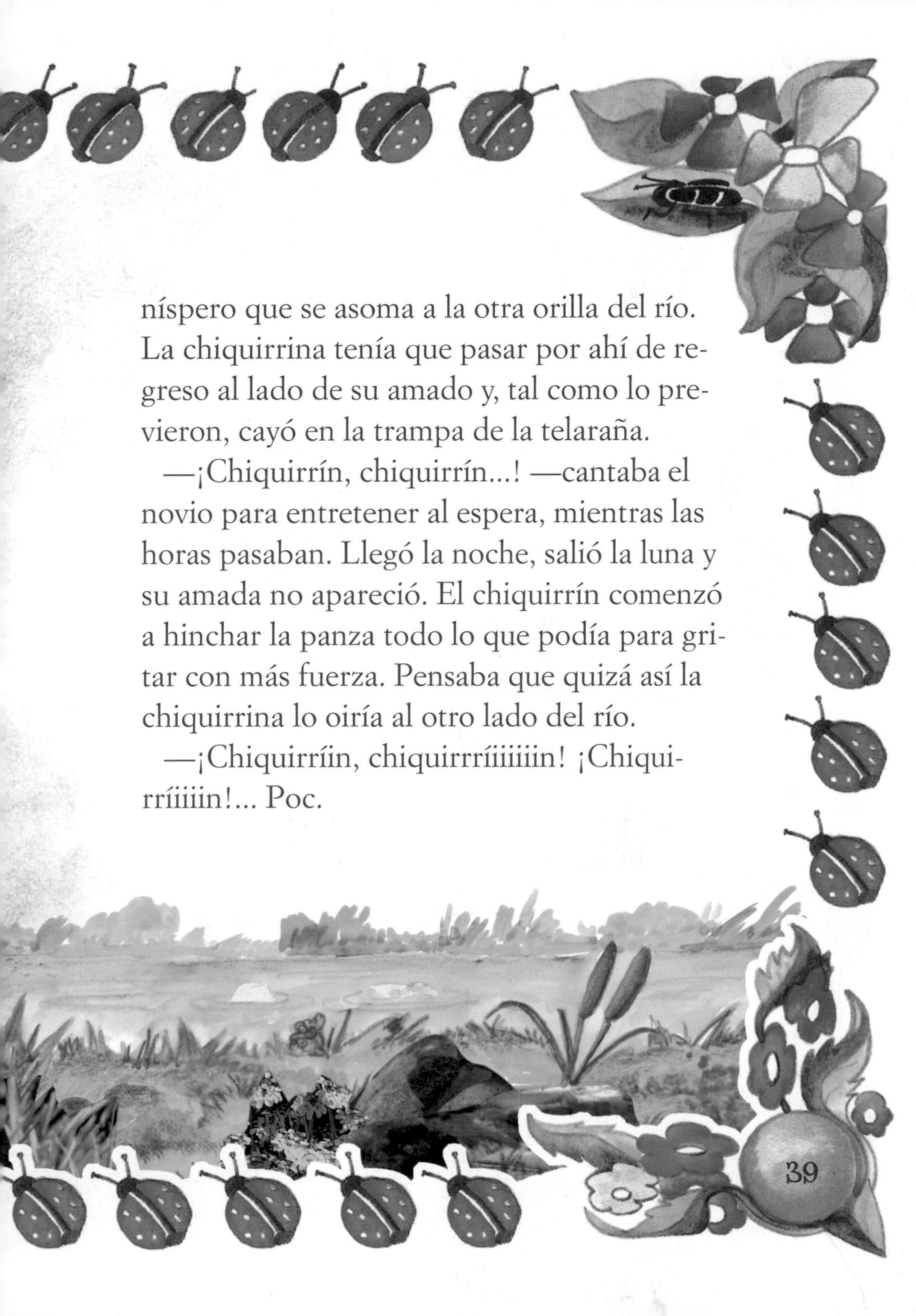

níspero que se asoma a la otra orilla del río. La chiquirrina tenía que pasar por ahí de regreso al lado de su amado y, tal como lo previeron, cayó en la trampa de la telaraña.

—¡Chiquirrín, chiquirrín...! —cantaba el novio para entretener al espera, mientras las horas pasaban. Llegó la noche, salió la luna y su amada no apareció. El chiquirrín comenzó a hinchar la panza todo lo que podía para gritar con más fuerza. Pensaba que quizá así la chiquirrina lo oiría al otro lado del río.

—¡Chiquirríin, chiquirrríiiiiiin! ¡Chiquirríiiiin!... Poc.

Después, cesó la canción de la chicharra. Una hormiga se acercó al lugar para averiguar que había sido el "poc" con el que terminó la canción. Vio con espanto que la chicharra había reventado.

Desde entonces, cuenta la leyenda, las chicharras cantan de amor hasta que revientan.

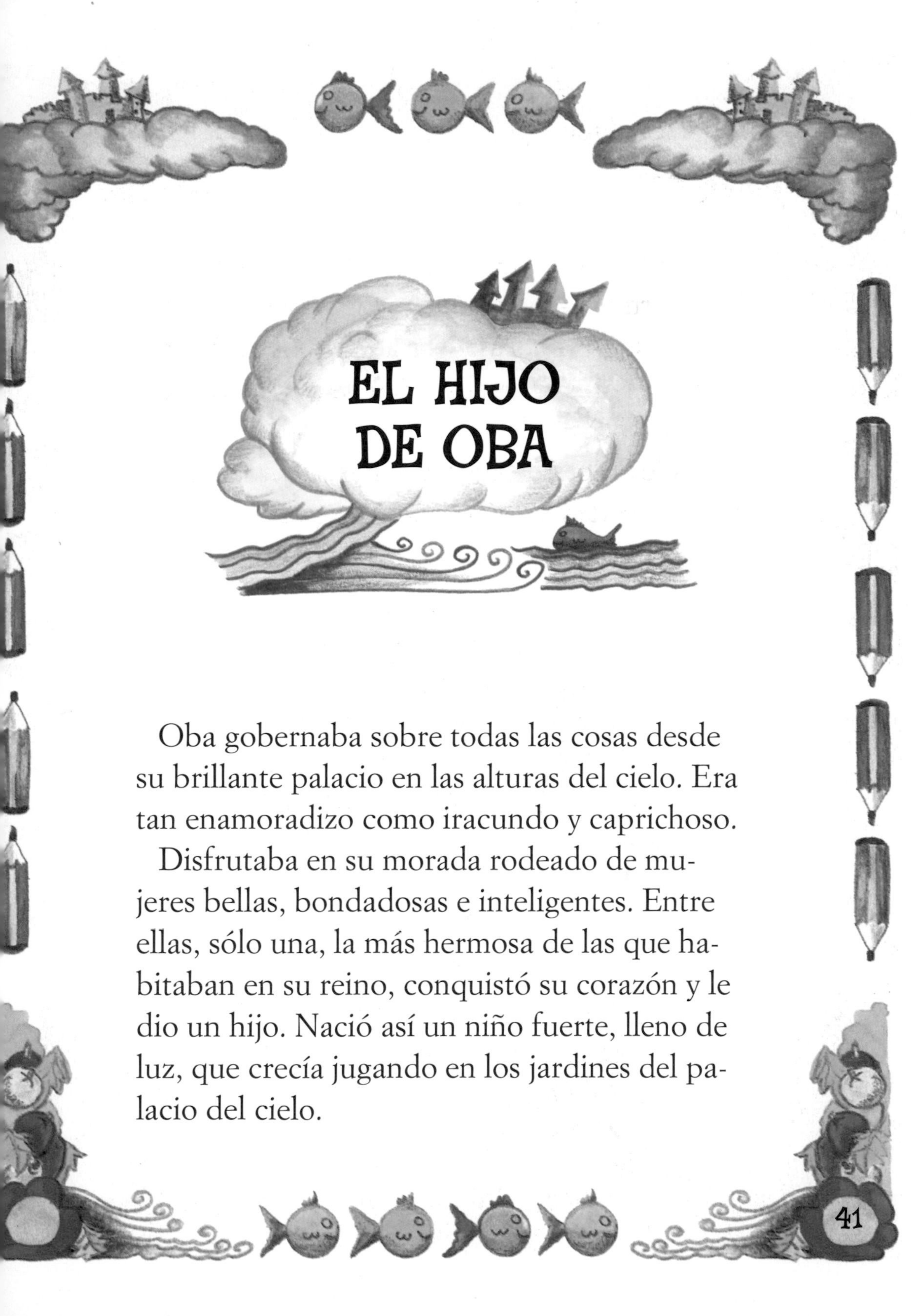

EL HIJO DE OBA

Oba gobernaba sobre todas las cosas desde su brillante palacio en las alturas del cielo. Era tan enamoradizo como iracundo y caprichoso.

Disfrutaba en su morada rodeado de mujeres bellas, bondadosas e inteligentes. Entre ellas, sólo una, la más hermosa de las que habitaban en su reino, conquistó su corazón y le dio un hijo. Nació así un niño fuerte, lleno de luz, que crecía jugando en los jardines del palacio del cielo.

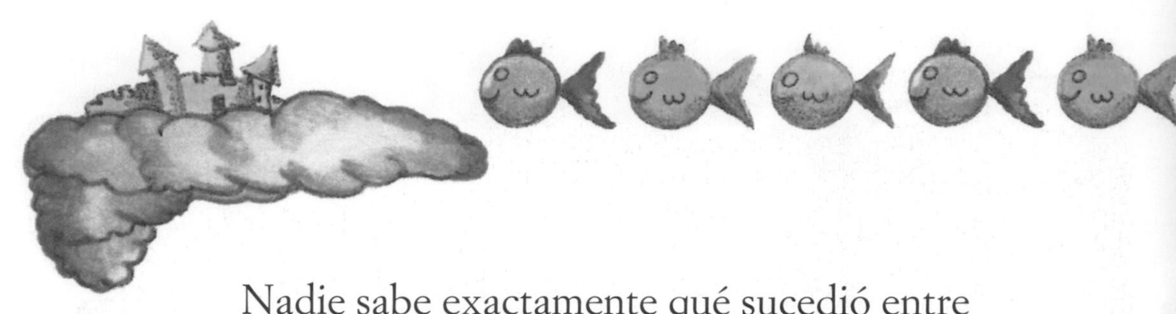

Nadie sabe exactamente qué sucedió entre Oba y su esposa, pero el caso es que un día tuvieron una enorme disputa. En un arranque de ira, el dios le arrebató el hijo a la madre, lo convirtió en pez y lo lanzó al río que atravesaba los jardines de sus posesiones.

El pececillo recién llegado no fue bien recibido por los demás peces:

—¿Quién es éste y de dónde ha salido? —preguntó un pez anaranjado.

—¿Por qué hemos de compartir con él nuestra comida? —dijo otro conocido por su glotonería.

Cada vez que el pececito abría la boca para comer, aparecía un pez más fuerte que él y le arrebataba el bocado.

Cierto día, un cardumen de peces se abalanzó sobre el nuevo y, a topetazos, lo empujaron hasta una grieta del fondo donde brotaba agua hirviente.

Al sentir cómo se abrasaba, el pececito gimió intensamente y los lamentos consiguieron conmover el duro corazón de su padre. Oba sintió piedad, lo sacó del agua, volvió a convertirlo en niño y lo llevó de regreso a palacio. Para compensar su sufrimiento pasado, pensó en crear para él un universo de colores.

Tomó un lápiz, dibujó un cielo y puso a su hijo en medio de aquel inmenso cielo azul. Llamó después a un perico y a una perdiz, les ordenó que tomaran barro con sus picos y les indicó en qué sitio debían ir juntando el barro para formar la Tierra.

Luego Oba creó el mar, los ríos, los gusanos luminosos para que alumbraran las noches, los gavilanes, las ardillas, los monos, las iguanas, las tortugas, los peces...; y creó también las llanuras, las plantas, los bosques y las flores aromáticas.

Para adornar todas estas maravillas, organizó las nubes, los vientos y los rayos. Finalmente, convirtió a su hijo en Sol y le dio una compañera: la Luna.

Entonces, el Sol notó que faltaba alguien que disfrutara del mundo que su padre había creado. Bastó su deseo para que aparecieran el hombre y la mujer.

Como todo estaba hecho, el Sol volvió al cielo para darle calor a la Tierra. Desde allí pudo contemplar la belleza de todo lo creado y su perfección. A pesar de ello, sintió un profundo aburrimiento.

Entonces se acordó de la Luna. Siempre que aparecía el primer rayo del Sol, ella escapaba. Decidió ir en su búsqueda y, tras mucho perseguirla sin encontrarla, acabó enamorado de un ser tan esquivo.

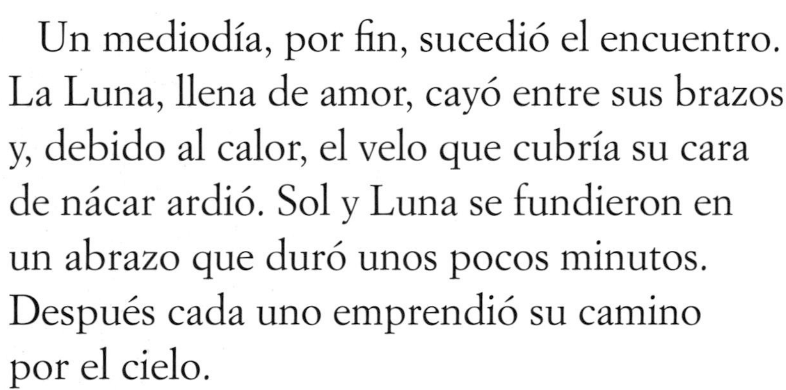

Un mediodía, por fin, sucedió el encuentro. La Luna, llena de amor, cayó entre sus brazos y, debido al calor, el velo que cubría su cara de nácar ardió. Sol y Luna se fundieron en un abrazo que duró unos pocos minutos. Después cada uno emprendió su camino por el cielo.

Así viven desde entonces: caminando separados, pensando en el momento en que volverán a reunirse. Raras veces se encuentran. Cuando esto sucede, el abrazo sólo dura unos instantes, pero su amor es tan profundo que se olvidan de todo: el cielo se oscurece y, por unos momentos, ninguno de los dos ilumina al mundo.

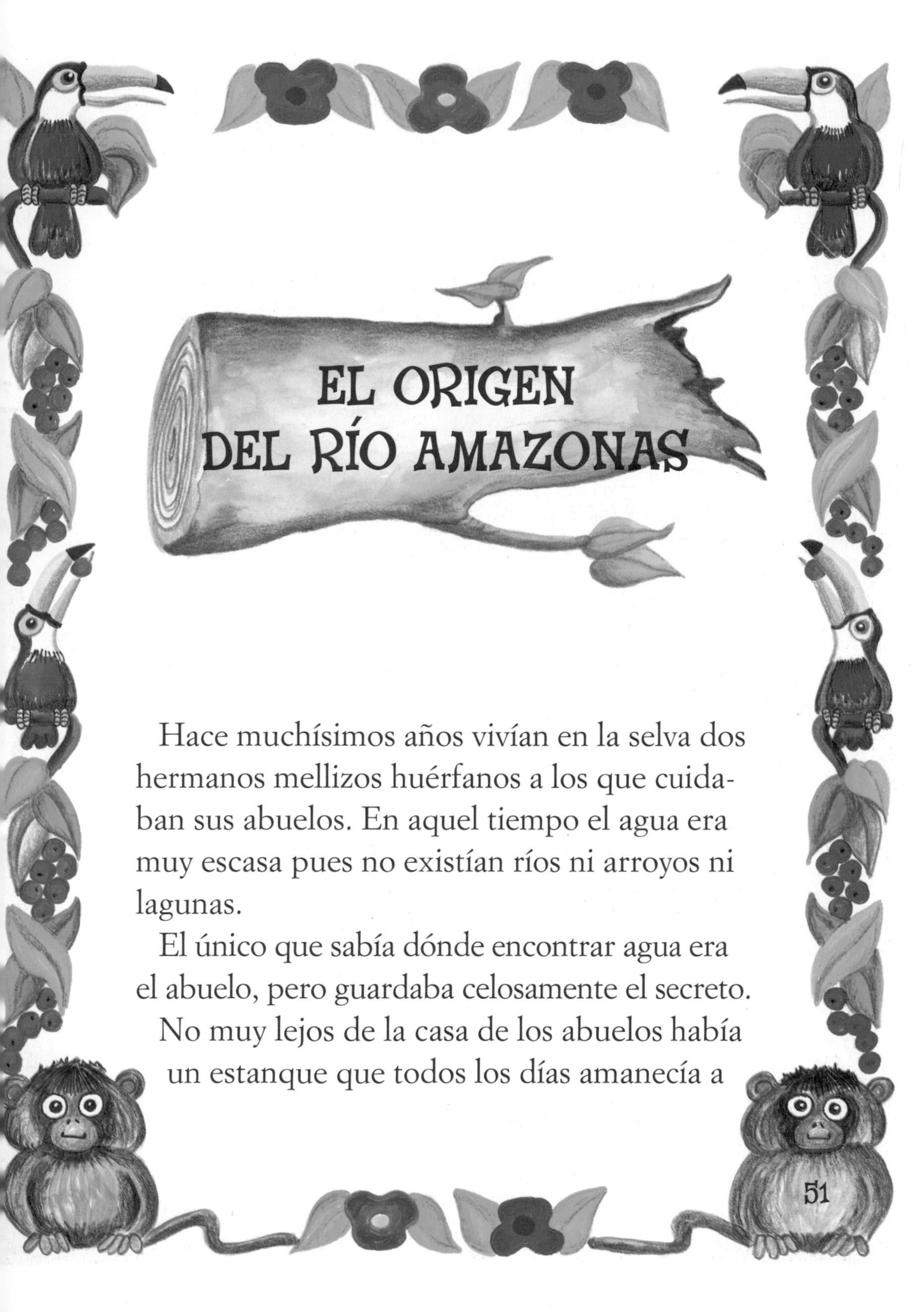

EL ORIGEN DEL RÍO AMAZONAS

Hace muchísimos años vivían en la selva dos hermanos mellizos huérfanos a los que cuidaban sus abuelos. En aquel tiempo el agua era muy escasa pues no existían ríos ni arroyos ni lagunas.

El único que sabía dónde encontrar agua era el abuelo, pero guardaba celosamente el secreto.

No muy lejos de la casa de los abuelos había un estanque que todos los días amanecía a

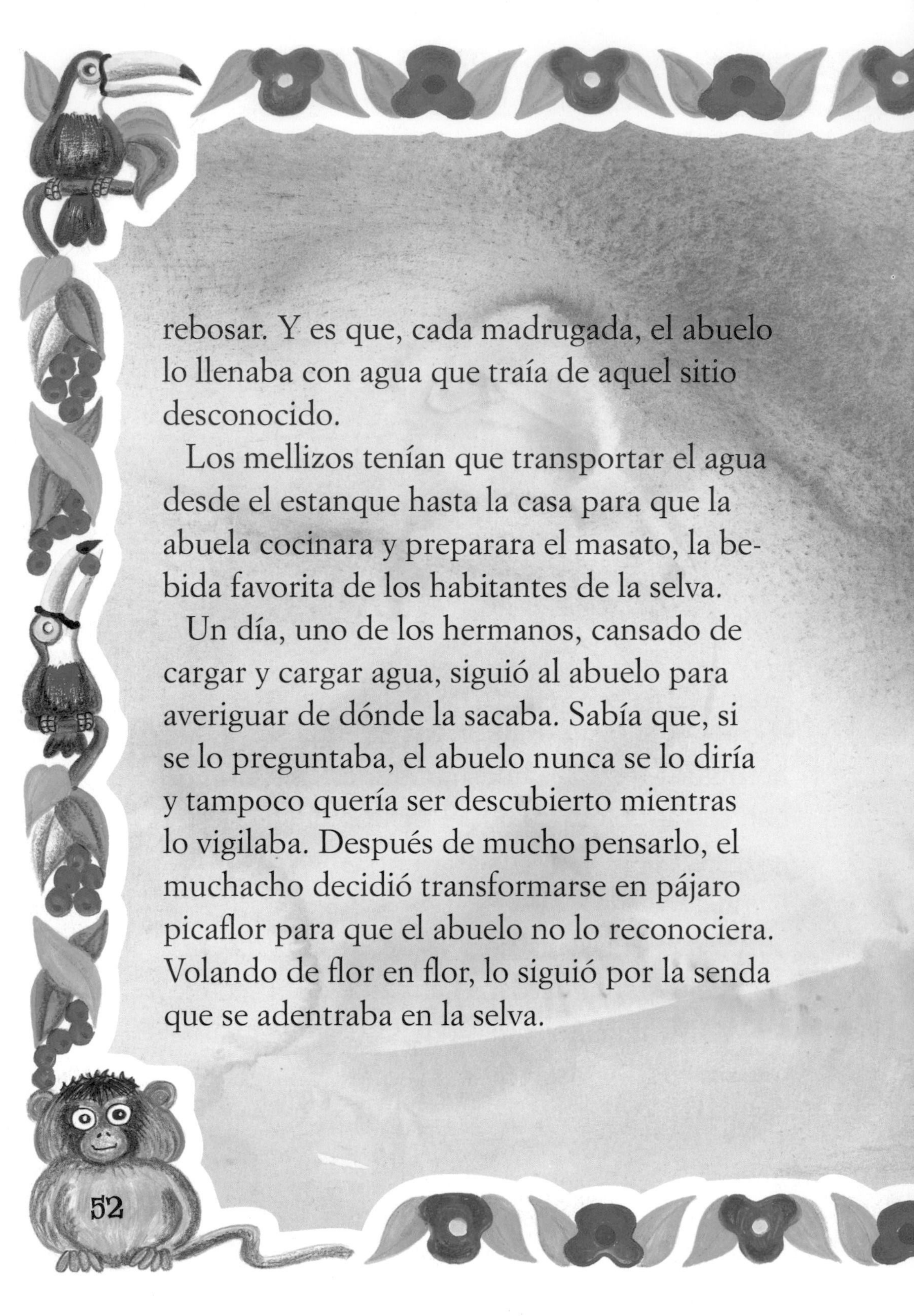

rebosar. Y es que, cada madrugada, el abuelo lo llenaba con agua que traía de aquel sitio desconocido.

Los mellizos tenían que transportar el agua desde el estanque hasta la casa para que la abuela cocinara y preparara el masato, la bebida favorita de los habitantes de la selva.

Un día, uno de los hermanos, cansado de cargar y cargar agua, siguió al abuelo para averiguar de dónde la sacaba. Sabía que, si se lo preguntaba, el abuelo nunca se lo diría y tampoco quería ser descubierto mientras lo vigilaba. Después de mucho pensarlo, el muchacho decidió transformarse en pájaro picaflor para que el abuelo no lo reconociera. Volando de flor en flor, lo siguió por la senda que se adentraba en la selva.

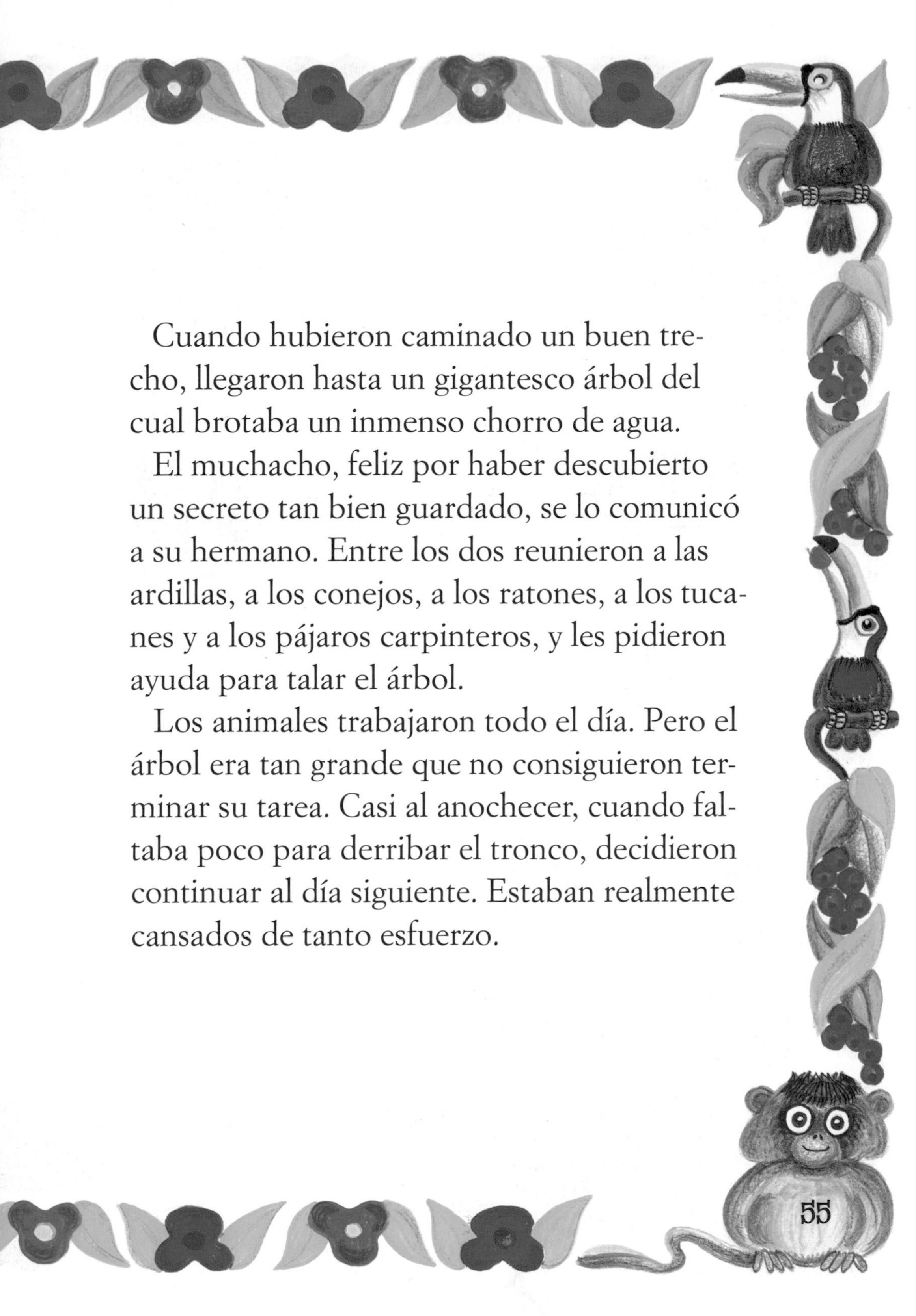

Cuando hubieron caminado un buen trecho, llegaron hasta un gigantesco árbol del cual brotaba un inmenso chorro de agua.

El muchacho, feliz por haber descubierto un secreto tan bien guardado, se lo comunicó a su hermano. Entre los dos reunieron a las ardillas, a los conejos, a los ratones, a los tucanes y a los pájaros carpinteros, y les pidieron ayuda para talar el árbol.

Los animales trabajaron todo el día. Pero el árbol era tan grande que no consiguieron terminar su tarea. Casi al anochecer, cuando faltaba poco para derribar el tronco, decidieron continuar al día siguiente. Estaban realmente cansados de tanto esfuerzo.

Por la mañana, acudieron a continuar el trabajo comenzado y encontraron el árbol sin un solo rasguño. Comenzaron de nuevo pero, este segundo día, pasó lo mismo. Y al tercero. Y al cuarto. El árbol, casi talado al anochecer, aparecía intacto por la mañana.

Entonces, los mellizos volvieron a acechar al abuelo y así descubrieron que él, por las noches, curaba al árbol con gran cuidado para que el agua pudiera seguir manando sin descanso. Por eso al día siguiente amanecía sano.

—¿Qué podemos hacer para que el abuelo no cure al árbol? —dijo el que se había transformado en pájaro picaflor.

—Debemos evitar que mañana llegue hasta el árbol, así los animales podrán terminar de talarlo —respondió el otro de los mellizos, que aquella misma noche se transformó en alacrán.

Entonces, cuando el abuelo se dirigía en secreto a curar al árbol, lo picó en el dedo

gordo del pie derecho. En ese momento, el árbol herido se derrumbó estrepitosamente y toda la selva retumbó.

Al caer el árbol, de él comenzó a brotar gran cantidad de agua. Su tronco se convirtió en el río Amazonas; las ramas, en sus afluentes;

las hojas y las espinas, en las diversas especies de peces que nadan en el gran río.

Los gusanos de varios colores que recorrían la corteza del gran árbol cayeron al suelo y se transformaron en la gente blanca, la gente negra y la gente mestiza. Ése fue el origen de todas las razas que habitan hoy la selva del Amazonas.

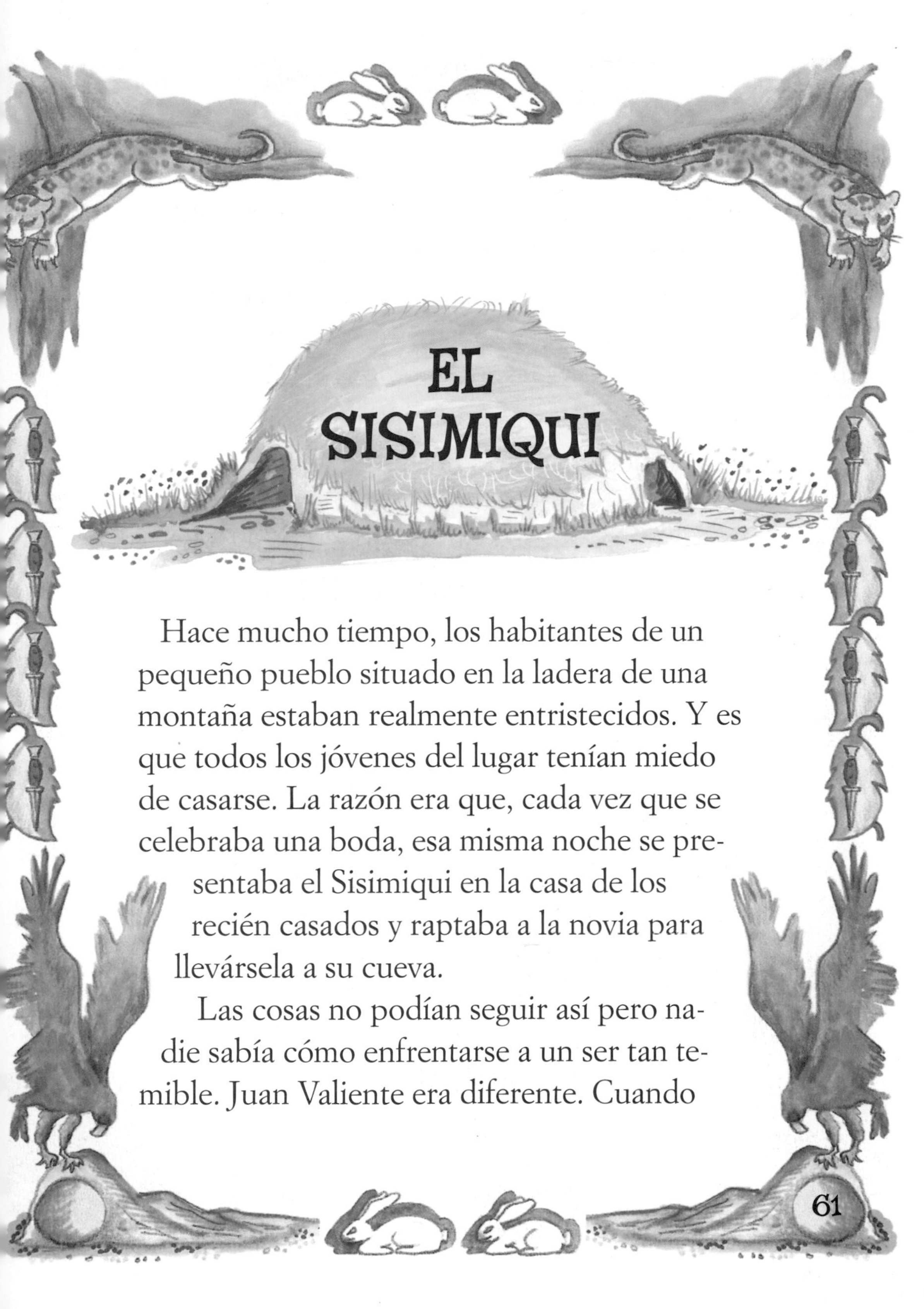

EL SISIMIQUI

Hace mucho tiempo, los habitantes de un pequeño pueblo situado en la ladera de una montaña estaban realmente entristecidos. Y es que todos los jóvenes del lugar tenían miedo de casarse. La razón era que, cada vez que se celebraba una boda, esa misma noche se presentaba el Sisimiqui en la casa de los recién casados y raptaba a la novia para llevársela a su cueva.

Las cosas no podían seguir así pero nadie sabía cómo enfrentarse a un ser tan temible. Juan Valiente era diferente. Cuando

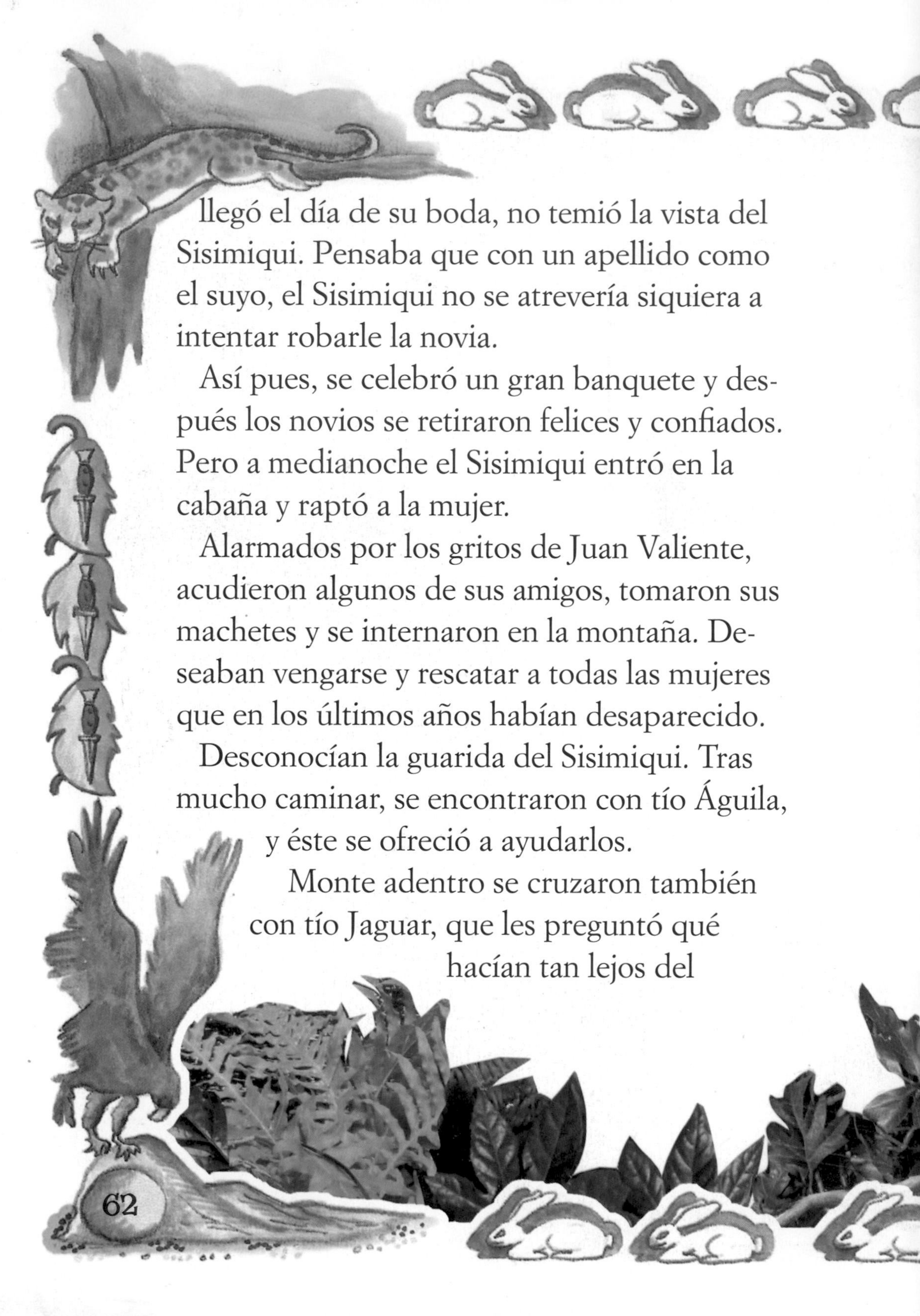

llegó el día de su boda, no temió la vista del Sisimiqui. Pensaba que con un apellido como el suyo, el Sisimiqui no se atrevería siquiera a intentar robarle la novia.

Así pues, se celebró un gran banquete y después los novios se retiraron felices y confiados. Pero a medianoche el Sisimiqui entró en la cabaña y raptó a la mujer.

Alarmados por los gritos de Juan Valiente, acudieron algunos de sus amigos, tomaron sus machetes y se internaron en la montaña. Deseaban vengarse y rescatar a todas las mujeres que en los últimos años habían desaparecido.

Desconocían la guarida del Sisimiqui. Tras mucho caminar, se encontraron con tío Águila, y éste se ofreció a ayudarlos.

Monte adentro se cruzaron también con tío Jaguar, que les preguntó qué hacían tan lejos del

poblado. Al escuchar su historia, tío Jaguar comprendió la rabia de los jóvenes, dio un zarpazo al aire y se ofreció a ir a pelear contra el Sisimiqui.

De unos matorrales salió entonces tío Conejo, que había escuchado toda la conversación:

—También yo quiero ir a la cueva del Sisimiqui —propuso tío Conejo muy serio— para encontrar a vuestras mujeres y acabar con él de una vez por todas.

Los muchachos se asombraron con tal propuesta. Era tan pequeño que con la primera trompada del Sisimiqui el conejo pasaría a mejor vida. Juan Valiente le agradeció su buena voluntad y, sin ganas de burlarse por lo apesadumbrado que estaba, le respondió:

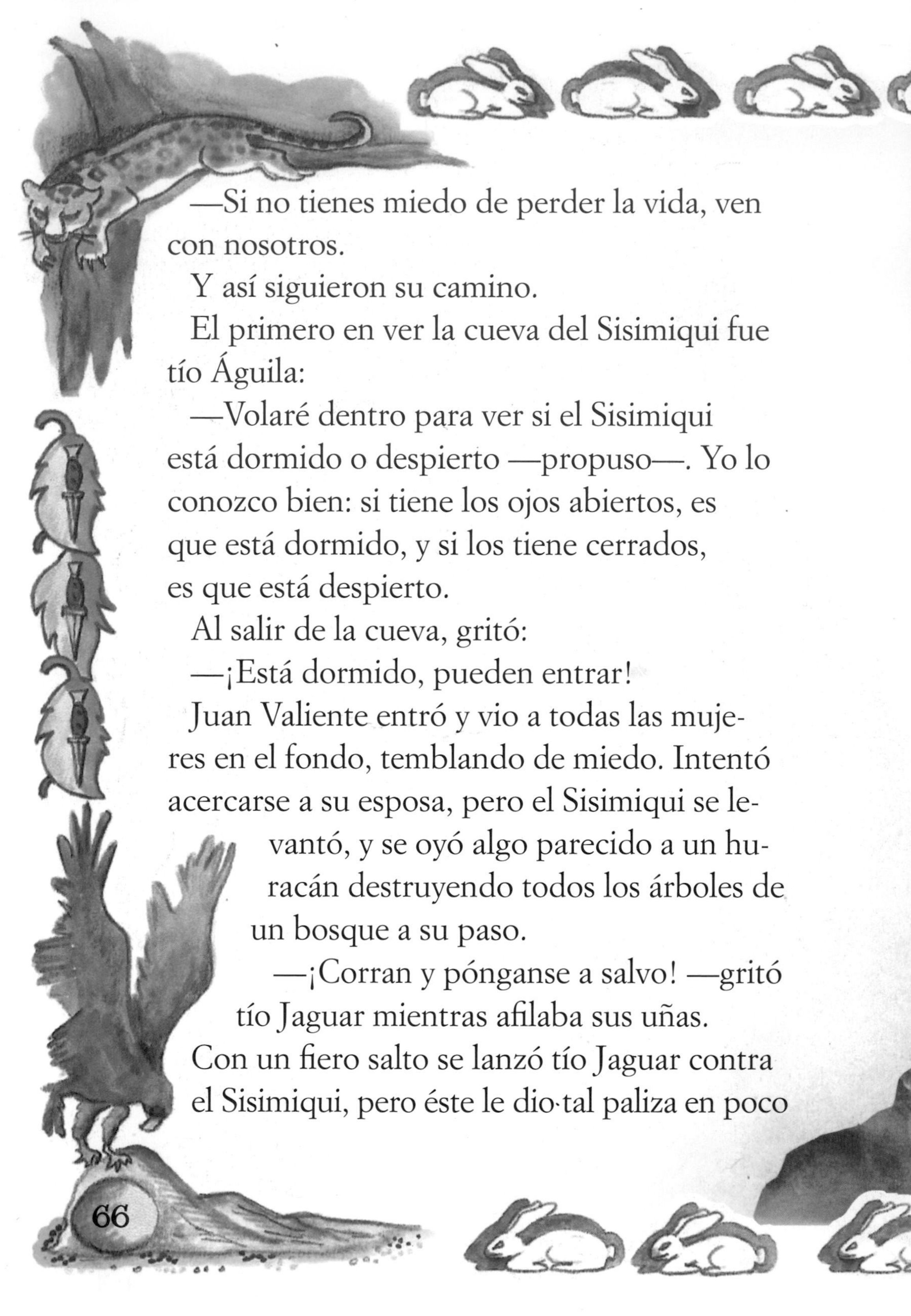

—Si no tienes miedo de perder la vida, ven con nosotros.

Y así siguieron su camino.

El primero en ver la cueva del Sisimiqui fue tío Águila:

—Volaré dentro para ver si el Sisimiqui está dormido o despierto —propuso—. Yo lo conozco bien: si tiene los ojos abiertos, es que está dormido, y si los tiene cerrados, es que está despierto.

Al salir de la cueva, gritó:

—¡Está dormido, pueden entrar!

Juan Valiente entró y vio a todas las mujeres en el fondo, temblando de miedo. Intentó acercarse a su esposa, pero el Sisimiqui se levantó, y se oyó algo parecido a un huracán destruyendo todos los árboles de un bosque a su paso.

—¡Corran y pónganse a salvo! —gritó tío Jaguar mientras afilaba sus uñas.

Con un fiero salto se lanzó tío Jaguar contra el Sisimiqui, pero éste le dio tal paliza en poco

rato que lo dejó casi muerto. Entonces intervino tío Conejo:

—¡Déjenme a mí, yo me encargaré de él!

Tío Águila se posó en la copa de un árbol muy alto para ver la pelea y para acudir en auxilio del pequeño conejo en caso de emergencia.

Tío Conejo cavó rápidamente nueve cuevas que se comunicaban una con la otra, y, mientras oía venir la quebrazón de ramas por el monte, sacó su cuchillo y se ocultó en una de ellas.

El Sisimiqui, que lo había visto, metió en la cueva su pata para aplastarlo y tío Conejo lo picó con el cuchillito y salió por otra cuevita.

El Sisimiqui dio un alarido que hizo temblar el monte y buscó a tío Conejo en otra cueva, pero el Conejo salió por otro huequito y le cortó la inmensa cola. Furioso y dolorido, el Sisimiqui metió el hocico en el agujero para darle un buen mordisco pero se quedó atrapado y se lastimó los ojos. Mientras, tío Conejo salió por otro huequito.

Cuando el Sisimiqui al fin pudo liberarse, estaba tan maltrecho que decidió huir. Y dando tumbos por aquí y por allá, se perdió en la montaña y nadie volvió a saber de él.

Desde entonces, en el pueblo de Juan Valiente invitan a tío Conejo a todas las bodas, donde los novios bailan felices y despreocupados.

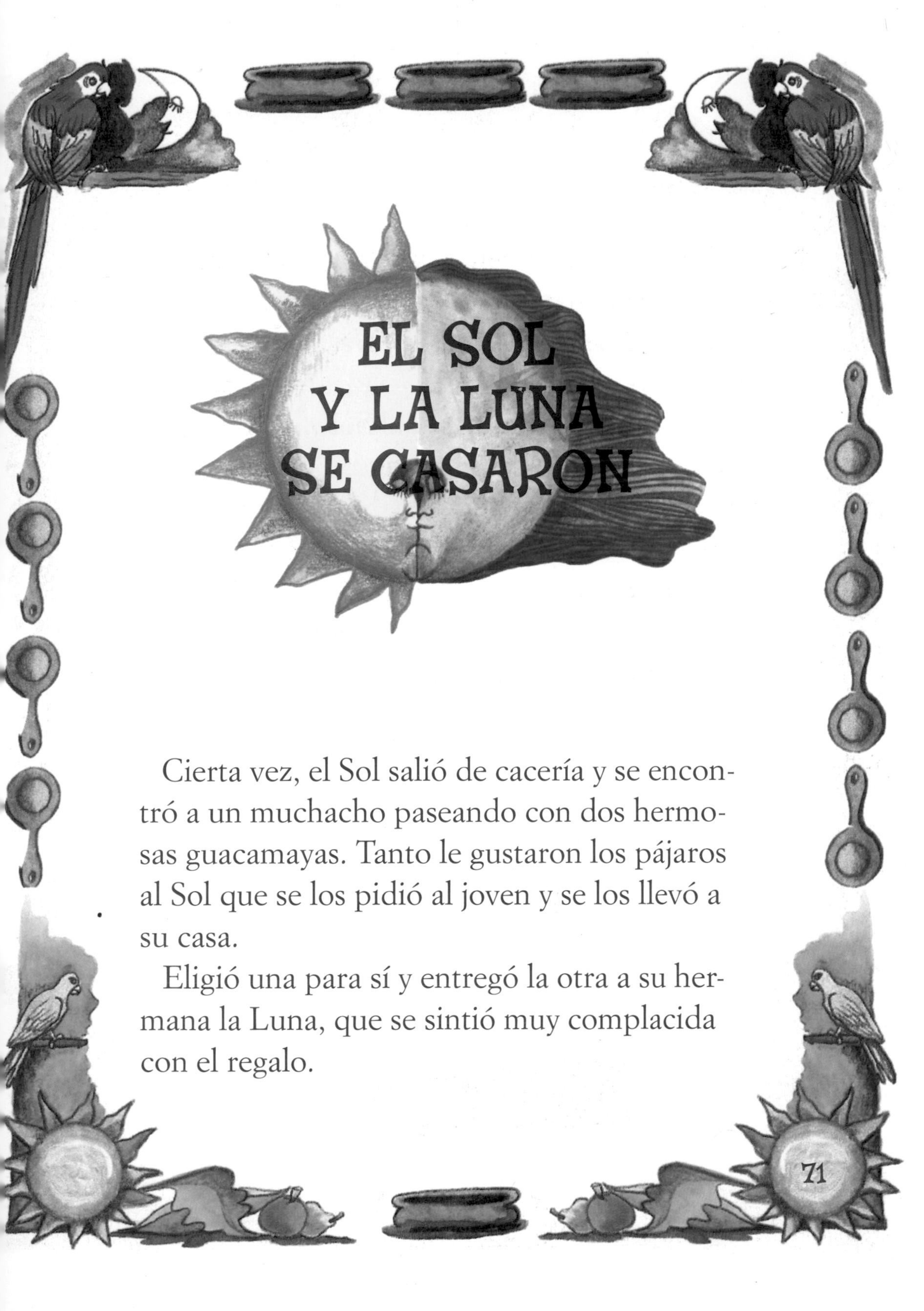

EL SOL Y LA LUNA SE CASARON

Cierta vez, el Sol salió de cacería y se encontró a un muchacho paseando con dos hermosas guacamayas. Tanto le gustaron los pájaros al Sol que se los pidió al joven y se los llevó a su casa.

Eligió una para sí y entregó la otra a su hermana la Luna, que se sintió muy complacida con el regalo.

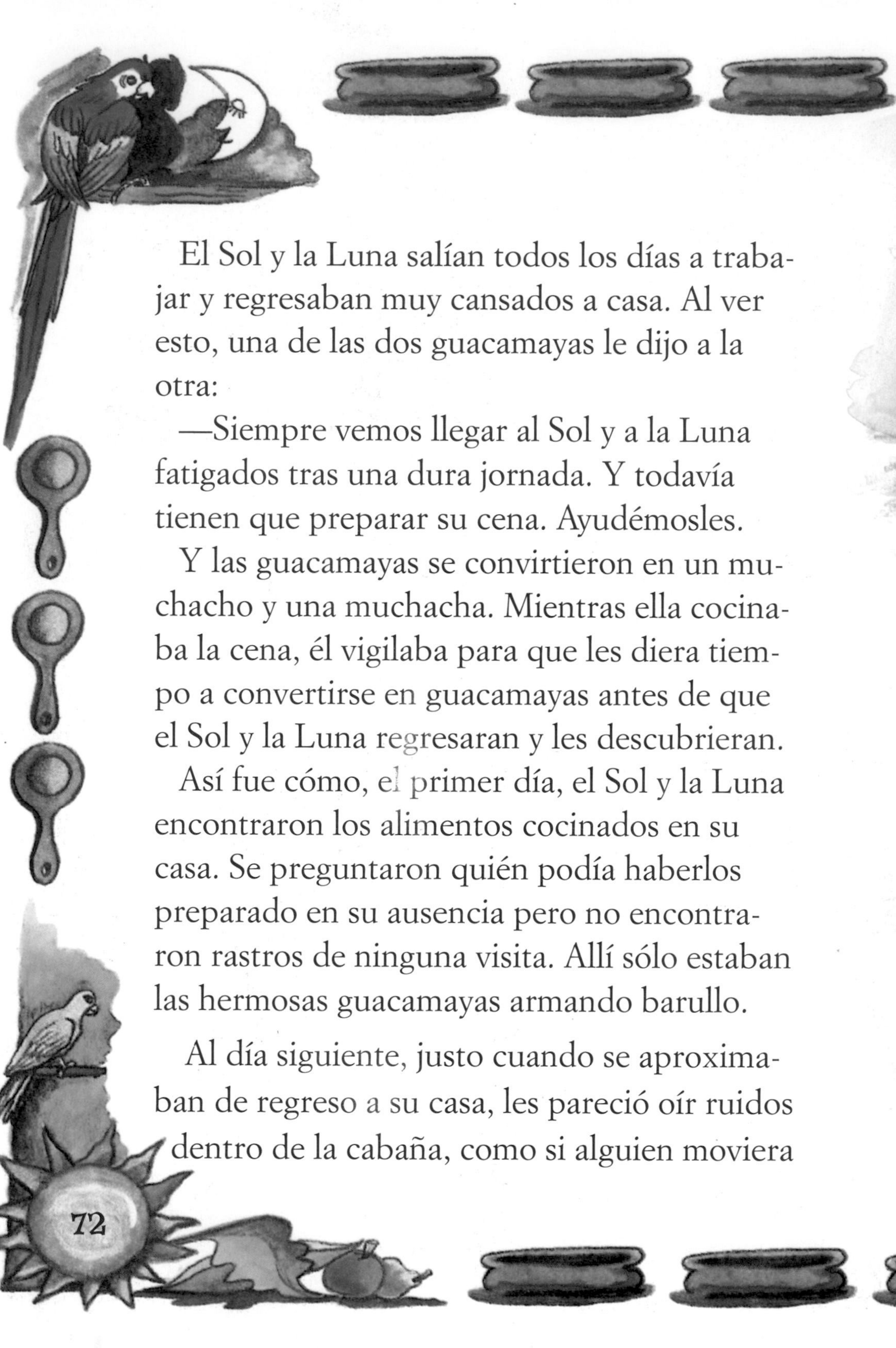

El Sol y la Luna salían todos los días a trabajar y regresaban muy cansados a casa. Al ver esto, una de las dos guacamayas le dijo a la otra:

—Siempre vemos llegar al Sol y a la Luna fatigados tras una dura jornada. Y todavía tienen que preparar su cena. Ayudémosles.

Y las guacamayas se convirtieron en un muchacho y una muchacha. Mientras ella cocinaba la cena, él vigilaba para que les diera tiempo a convertirse en guacamayas antes de que el Sol y la Luna regresaran y les descubrieran.

Así fue cómo, el primer día, el Sol y la Luna encontraron los alimentos cocinados en su casa. Se preguntaron quién podía haberlos preparado en su ausencia pero no encontraron rastros de ninguna visita. Allí sólo estaban las hermosas guacamayas armando barullo.

Al día siguiente, justo cuando se aproximaban de regreso a su casa, les pareció oír ruidos dentro de la cabaña, como si alguien moviera

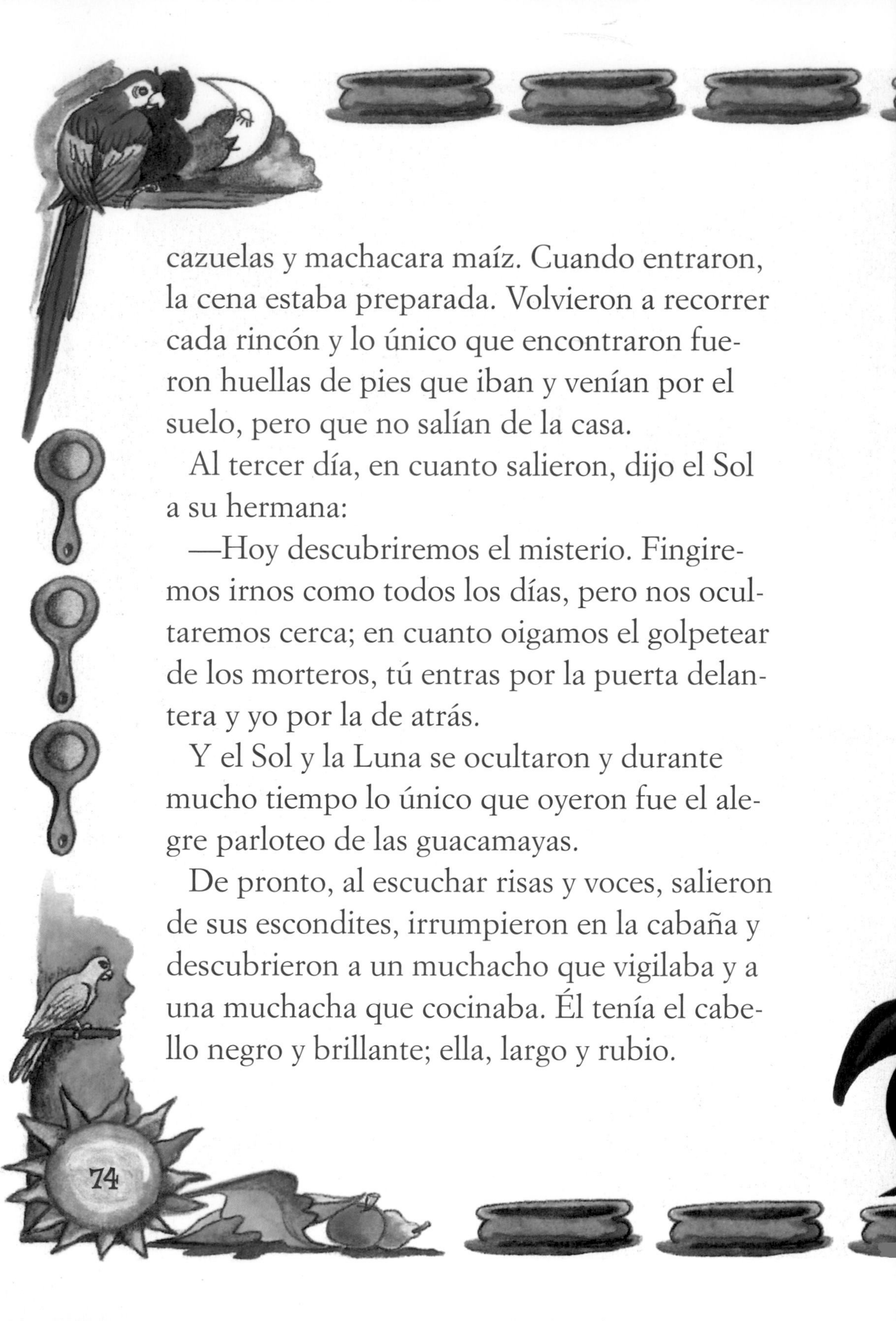

cazuelas y machacara maíz. Cuando entraron, la cena estaba preparada. Volvieron a recorrer cada rincón y lo único que encontraron fueron huellas de pies que iban y venían por el suelo, pero que no salían de la casa.

Al tercer día, en cuanto salieron, dijo el Sol a su hermana:

—Hoy descubriremos el misterio. Fingiremos irnos como todos los días, pero nos ocultaremos cerca; en cuanto oigamos el golpetear de los morteros, tú entras por la puerta delantera y yo por la de atrás.

Y el Sol y la Luna se ocultaron y durante mucho tiempo lo único que oyeron fue el alegre parloteo de las guacamayas.

De pronto, al escuchar risas y voces, salieron de sus escondites, irrumpieron en la cabaña y descubrieron a un muchacho que vigilaba y a una muchacha que cocinaba. Él tenía el cabello negro y brillante; ella, largo y rubio.

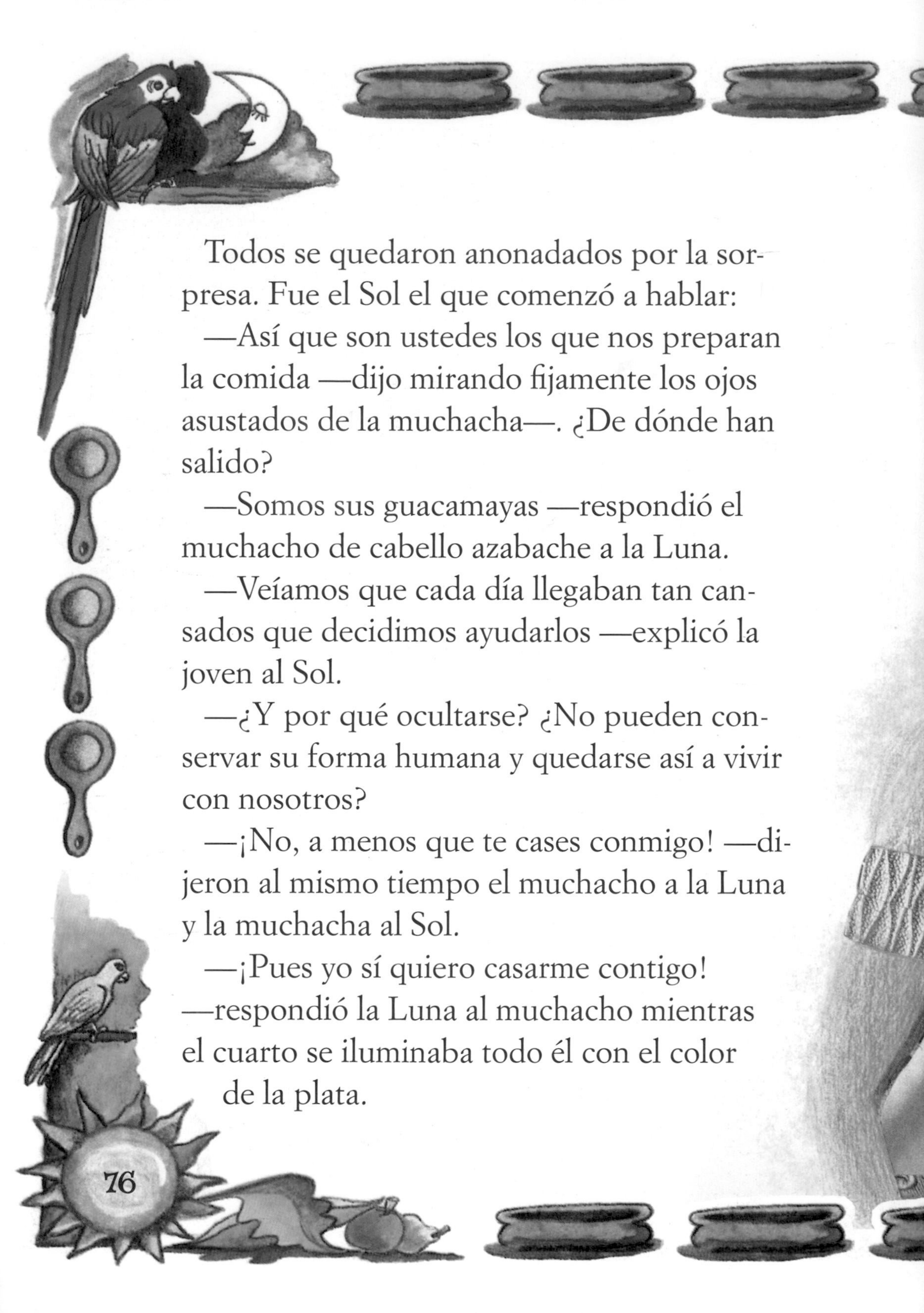

Todos se quedaron anonadados por la sorpresa. Fue el Sol el que comenzó a hablar:

—Así que son ustedes los que nos preparan la comida —dijo mirando fijamente los ojos asustados de la muchacha—. ¿De dónde han salido?

—Somos sus guacamayas —respondió el muchacho de cabello azabache a la Luna.

—Veíamos que cada día llegaban tan cansados que decidimos ayudarlos —explicó la joven al Sol.

—¿Y por qué ocultarse? ¿No pueden conservar su forma humana y quedarse así a vivir con nosotros?

—¡No, a menos que te cases conmigo! —dijeron al mismo tiempo el muchacho a la Luna y la muchacha al Sol.

—¡Pues yo sí quiero casarme contigo! —respondió la Luna al muchacho mientras el cuarto se iluminaba todo él con el color de la plata.

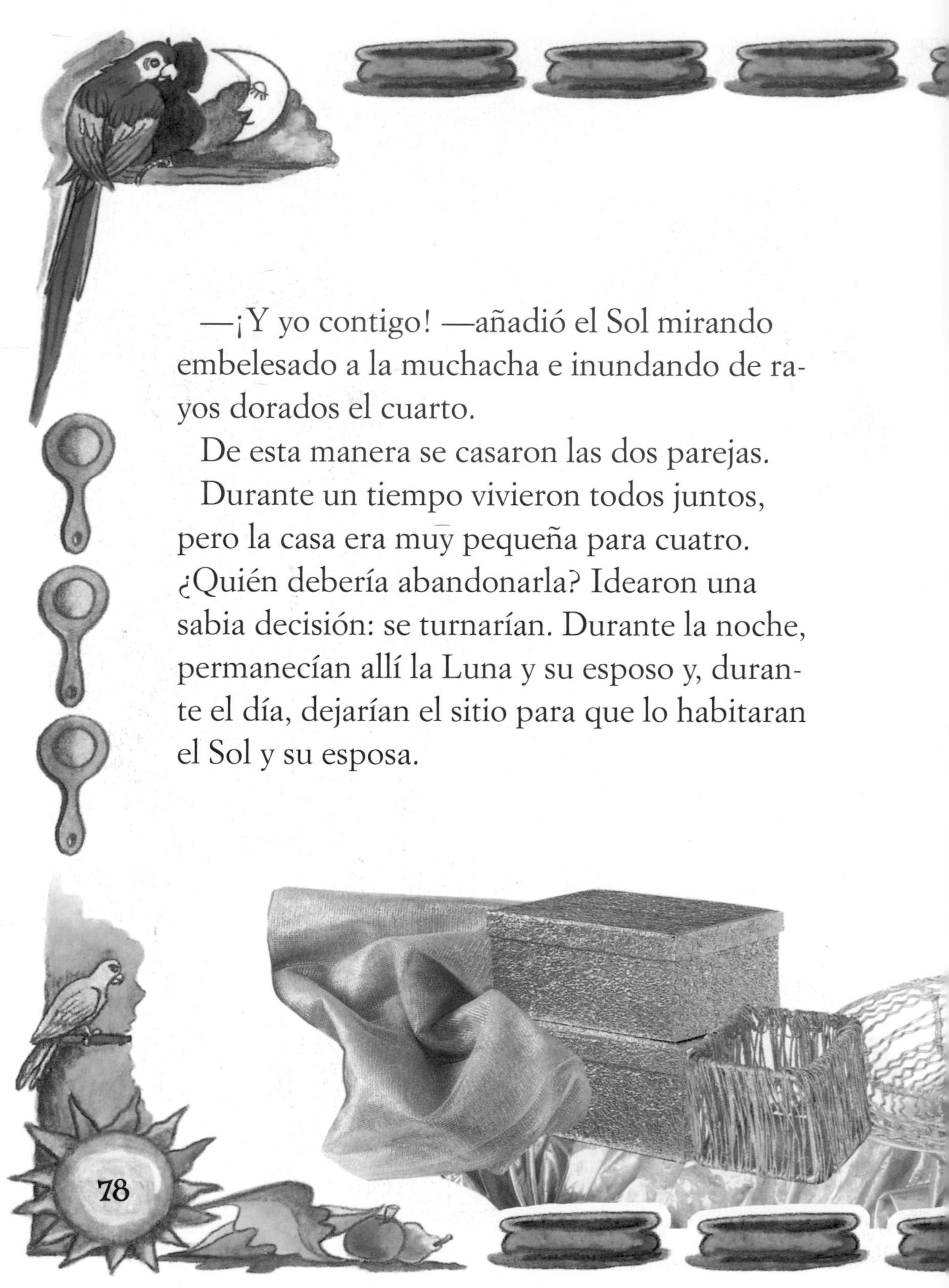

—¡Y yo contigo! —añadió el Sol mirando embelesado a la muchacha e inundando de rayos dorados el cuarto.

De esta manera se casaron las dos parejas.

Durante un tiempo vivieron todos juntos, pero la casa era muy pequeña para cuatro. ¿Quién debería abandonarla? Idearon una sabia decisión: se turnarían. Durante la noche, permanecían allí la Luna y su esposo y, durante el día, dejarían el sitio para que lo habitaran el Sol y su esposa.

Cuando la Luna y su esposo estaban en el cuarto, éste lucía todo plateado. Cuando era el Sol y su esposa quienes ocupaban su sitio, un resplandor dorado inundaba la estancia.

EL CACTO Y EL JUNCO

Después de un día de duro trabajo, Tintoba, un joven alto y fuerte, fue a bañarse a la laguna. Estaba tan cansado que, tras el baño, se sentó bajo un sauce y se quedó dormido.

Las risas de unas mujeres lo despertaron y una de ellas le ofreció agua de su cántaro. A Tintoba le bastó mirarla para quedar enamorado.

Al día siguiente no pudo dejar de pensar en ella; al otro día no pudo comer ni dormir; al tercero salió a buscarla para calmar su desasosiego. Recorrió un pueblo, y otro y otro, y, como en ninguno la encontró, decidió quedarse en la aldea más cercana al lugar donde la había encontrado. Allí Tintoba aprendió a tejer y a teñir lanas.

Meses después, una mañana Tintoba escuchó el griterío de unos niños. Se asomó a su puerta y vio una rica comitiva cargada de pieles, plumas y joyas. Las llevaban como presentes para la hija del cacique.

Esa noche, paseando su dolor no muy lejos de la laguna, Tintoba encontró a una bella muchacha llorando, acurrucada contra el tronco de un árbol.

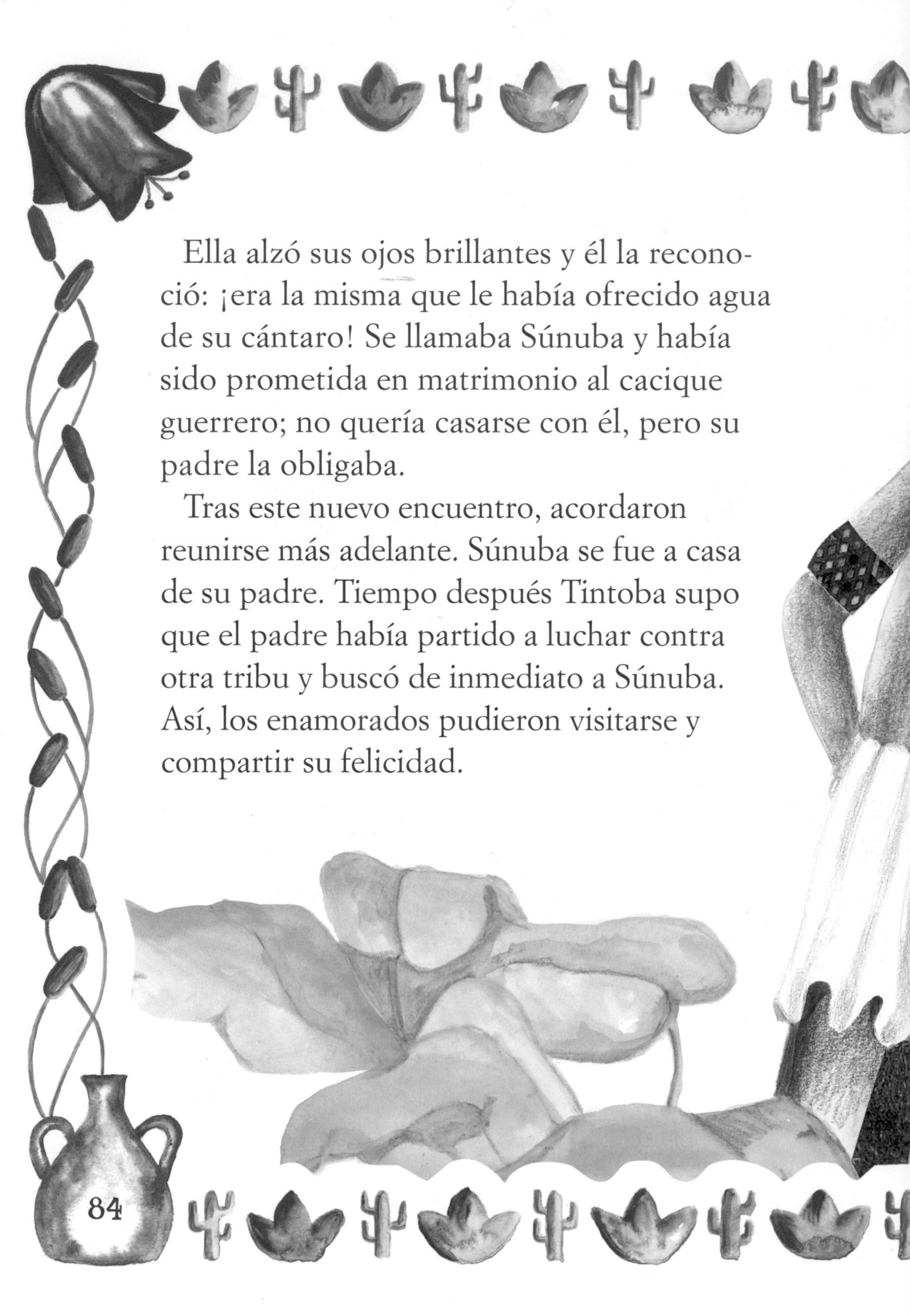

Ella alzó sus ojos brillantes y él la reconoció: ¡era la misma que le había ofrecido agua de su cántaro! Se llamaba Súnuba y había sido prometida en matrimonio al cacique guerrero; no quería casarse con él, pero su padre la obligaba.

Tras este nuevo encuentro, acordaron reunirse más adelante. Súnuba se fue a casa de su padre. Tiempo después Tintoba supo que el padre había partido a luchar contra otra tribu y buscó de inmediato a Súnuba. Así, los enamorados pudieron visitarse y compartir su felicidad.

Súnuba se puso más hermosa que nunca y, un poco antes del regreso de su padre, huyó con su amado al valle de donde él era originario. Juntos sembraron árboles frutales que dieron jugosos frutos. La vida les sonreía.

Pero una tarde encontraron en su casa a un mensajero del cacique. ¡Por fin los había encontrado!

Los jóvenes comparecieron ante el gran sacerdote chibcha que decidía el destino de los hombres, y éste ordenó que ella debía despedirse del joven y volver al hogar paterno.

Al llegar, el padre la miró con severidad y le dijo:

—Yo te prometí, siendo niña, a un cacique amigo mío.

—Yo no quiero casarme con él —respondió Súnuba.

—Mi palabra debe cumplirse.

Súnuba, llorando, afirmó:

—Es mi amor lo que debe cumplirse.

Y, dándole la espalda al padre, corrió a reunirse con Tintoba.

El muchacho, mientras tanto, también había salido en busca de su amada, cuya ausencia no podía soportar. Casi en el límite del valle, en las inmediaciones de una laguna, se divisaron a lo lejos. Uno y otro corrieron a abrazarse.

Un ruido retumbó por todo el valle y la tierra se estremeció.

En su carrera, Tintoba sintió de pronto que sus piernas se hacían lentas y dejaban de obedecerle; su cuerpo, antes joven y flexible, se iba transformando en un cacto lleno de espinas. Súnuba quedó presa en el fango de la

orilla de la laguna y se convirtió en un grácil junco mecido por el viento. El valle quedo de nuevo tranquilo y silencioso.

Los dos amantes permanecen allí: un cacto no lejos de la laguna y, en la orilla, un junco que se mece. Se contemplan todos los días, pero no pueden hablarse.

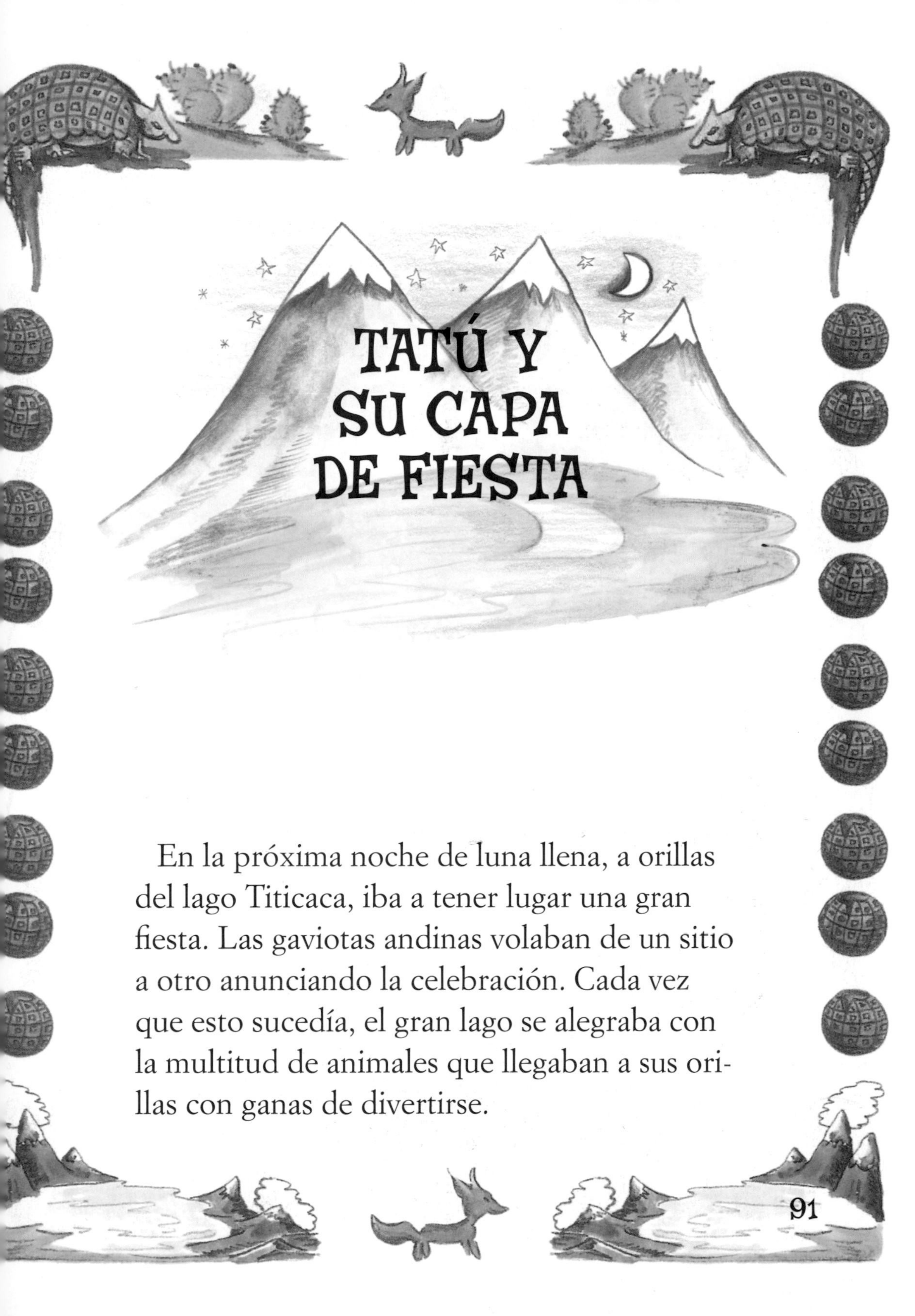

TATÚ Y SU CAPA DE FIESTA

En la próxima noche de luna llena, a orillas del lago Titicaca, iba a tener lugar una gran fiesta. Las gaviotas andinas volaban de un sitio a otro anunciando la celebración. Cada vez que esto sucedía, el gran lago se alegraba con la multitud de animales que llegaban a sus orillas con ganas de divertirse.

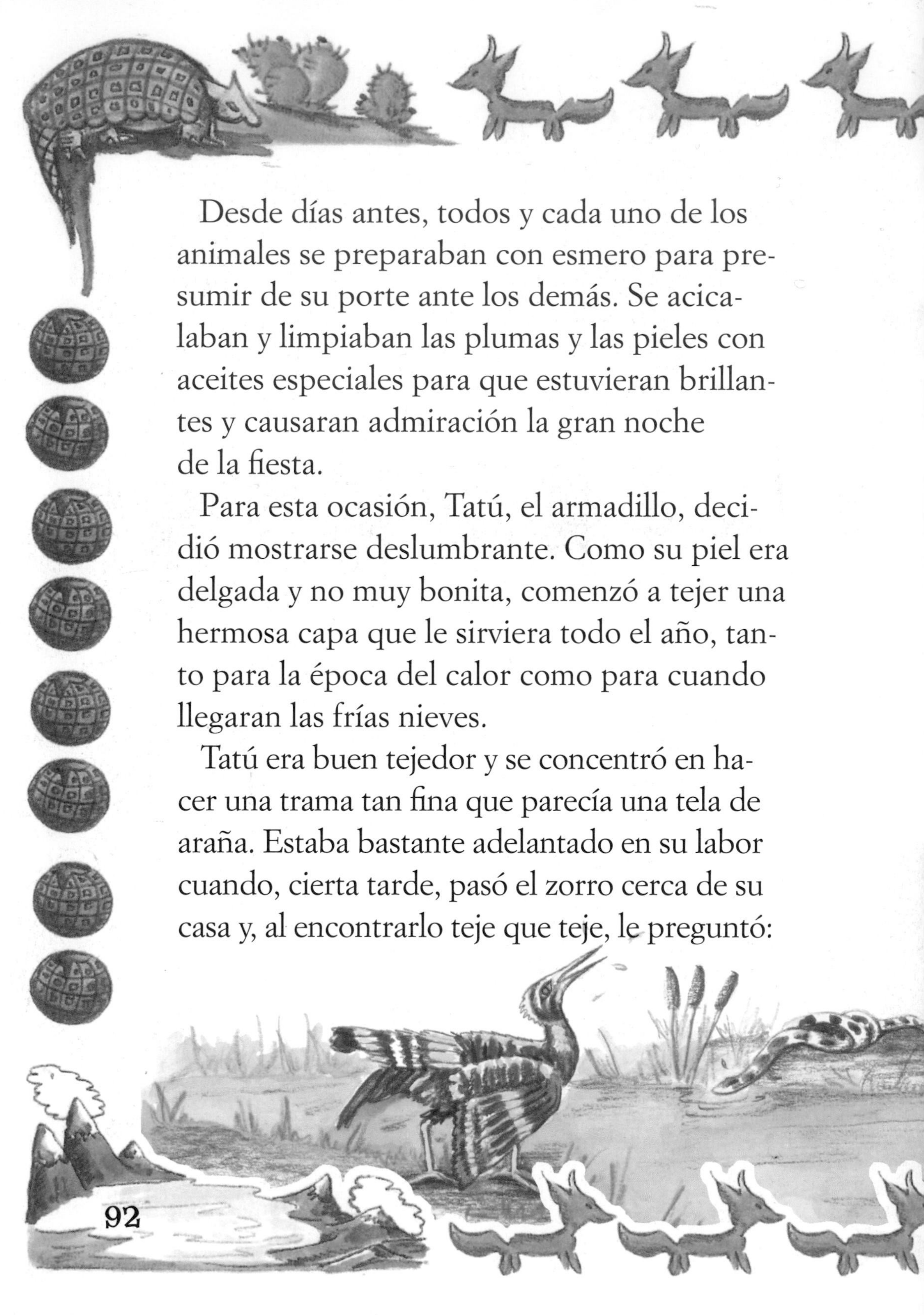

Desde días antes, todos y cada uno de los animales se preparaban con esmero para presumir de su porte ante los demás. Se acicalaban y limpiaban las plumas y las pieles con aceites especiales para que estuvieran brillantes y causaran admiración la gran noche de la fiesta.

Para esta ocasión, Tatú, el armadillo, decidió mostrarse deslumbrante. Como su piel era delgada y no muy bonita, comenzó a tejer una hermosa capa que le sirviera todo el año, tanto para la época del calor como para cuando llegaran las frías nieves.

Tatú era buen tejedor y se concentró en hacer una trama tan fina que parecía una tela de araña. Estaba bastante adelantado en su labor cuando, cierta tarde, pasó el zorro cerca de su casa y, al encontrarlo teje que teje, le preguntó:

—¿Qué haces, Tatú?

—¡No me distraigas, que estoy muy ocupado!

Como el zorro era muy curioso, insistió:

—Si no me lo dices, no me voy.

Y se sentó durante diecisiete minutos a observar al armadillo que, con tanta vigilancia, acabó poniéndose nervioso: se picó en un dedo, se equivocó dos veces y tuvo que deshacer un buen trozo de la capa. Finalmente, para quitarse al zorro de encima, explicó:

—¿No ves lo que hago? ¡Tejo mi capa para el día de la fiesta!

El zorro, burlón, comentó:

—¿Y vas a ir con media capa esta noche?

Tatú levantó los ojos asustado y exclamó:

—¿Dijiste esta noche? ¿Es que ya va a salir la luna llena?

—Por supuesto. Dentro de un rato estaremos todos bailando en la orilla.

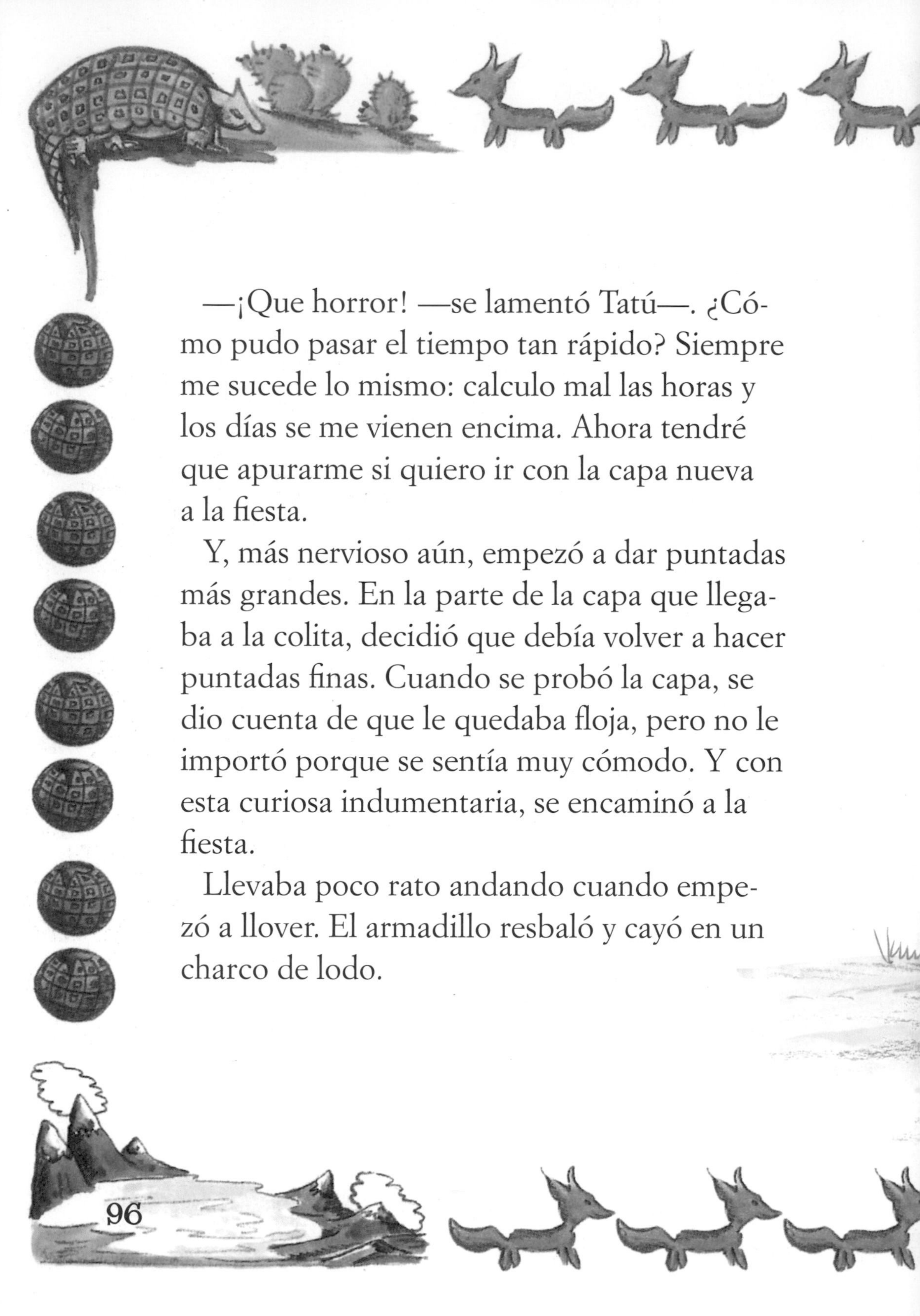

—¡Que horror! —se lamentó Tatú—. ¿Cómo pudo pasar el tiempo tan rápido? Siempre me sucede lo mismo: calculo mal las horas y los días se me vienen encima. Ahora tendré que apurarme si quiero ir con la capa nueva a la fiesta.

Y, más nervioso aún, empezó a dar puntadas más grandes. En la parte de la capa que llegaba a la colita, decidió que debía volver a hacer puntadas finas. Cuando se probó la capa, se dio cuenta de que le quedaba floja, pero no le importó porque se sentía muy cómodo. Y con esta curiosa indumentaria, se encaminó a la fiesta.

Llevaba poco rato andando cuando empezó a llover. El armadillo resbaló y cayó en un charco de lodo.

—¡Sólo me faltaba esto! —dijo al ver su capa enlodada.

Pero como no tenía tiempo de acercarse al río para lavarla, continuó su camino. Después de la lluvia salió el sol y la capa se secó. Con el lodo seco, quedó dura como caparazón color café oscuro con pequeñas manchas.

Al llegar a la fiesta, el aspecto de Tatú causó sensación:

—¡Qué original! —le dijeron aquí y allá—. ¡A nadie se le hubiera ocurrido venir así! Y tanta fue la admiración que despertó que, pese a la mala suerte que había tenido ese día y a las consecuencias inesperadas, decidió dejarse la capa de fiesta puesta para siempre.

Un último detalle le convenció de la excelencia de su recién estrenada indumentaria: después de bailar toda la noche, agotado con tanta excitación, se hizo una bolita y, protegido por su dura capa, rodó cuesta abajo hasta la puerta de su casa. ¡Y sin dar un solo paso!

Desde entonces, Tatú, el armadillo, no se quita su curiosa capa ni para dormir.

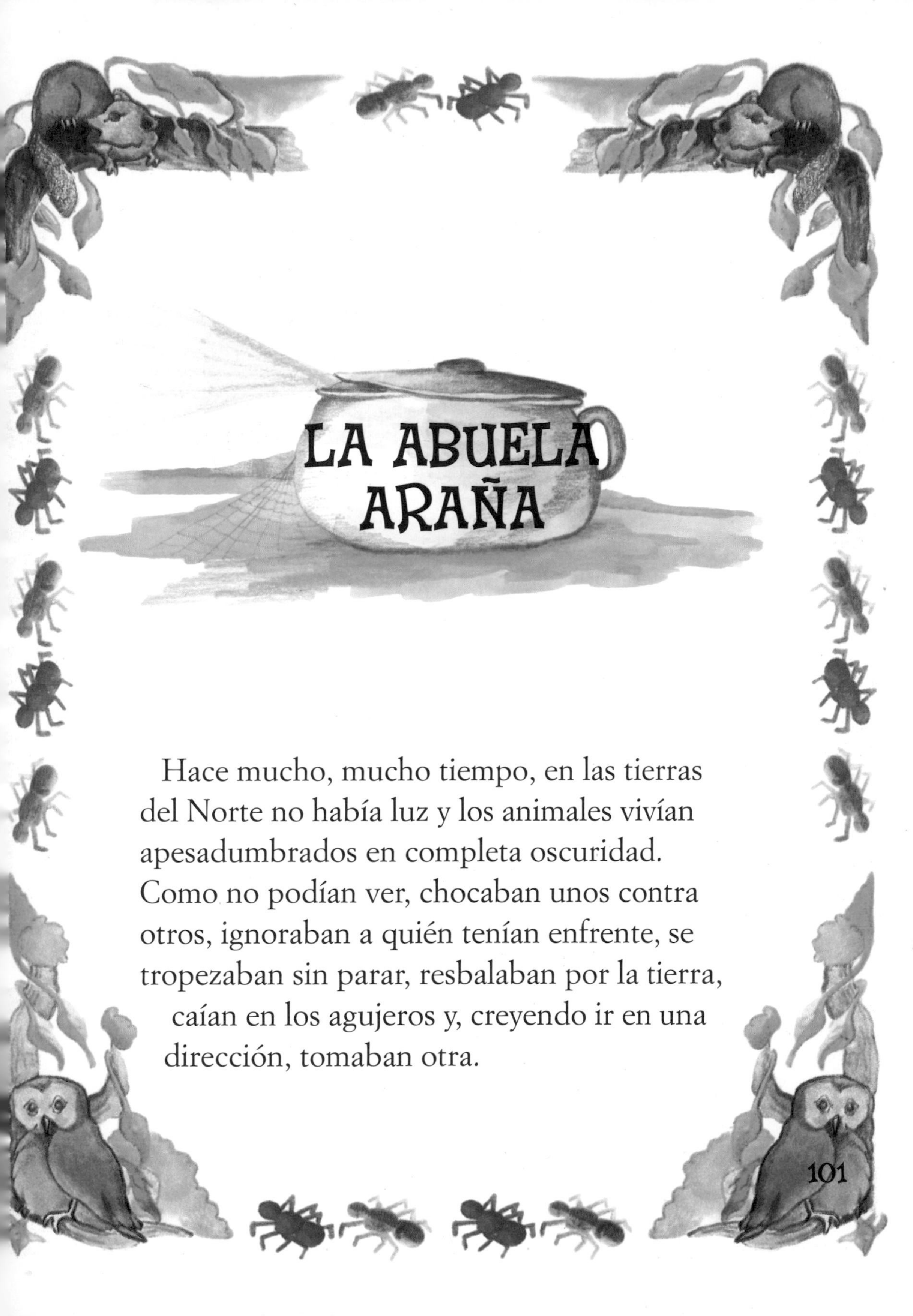

LA ABUELA ARAÑA

Hace mucho, mucho tiempo, en las tierras del Norte no había luz y los animales vivían apesadumbrados en completa oscuridad. Como no podían ver, chocaban unos contra otros, ignoraban a quién tenían enfrente, se tropezaban sin parar, resbalaban por la tierra, caían en los agujeros y, creyendo ir en una dirección, tomaban otra.

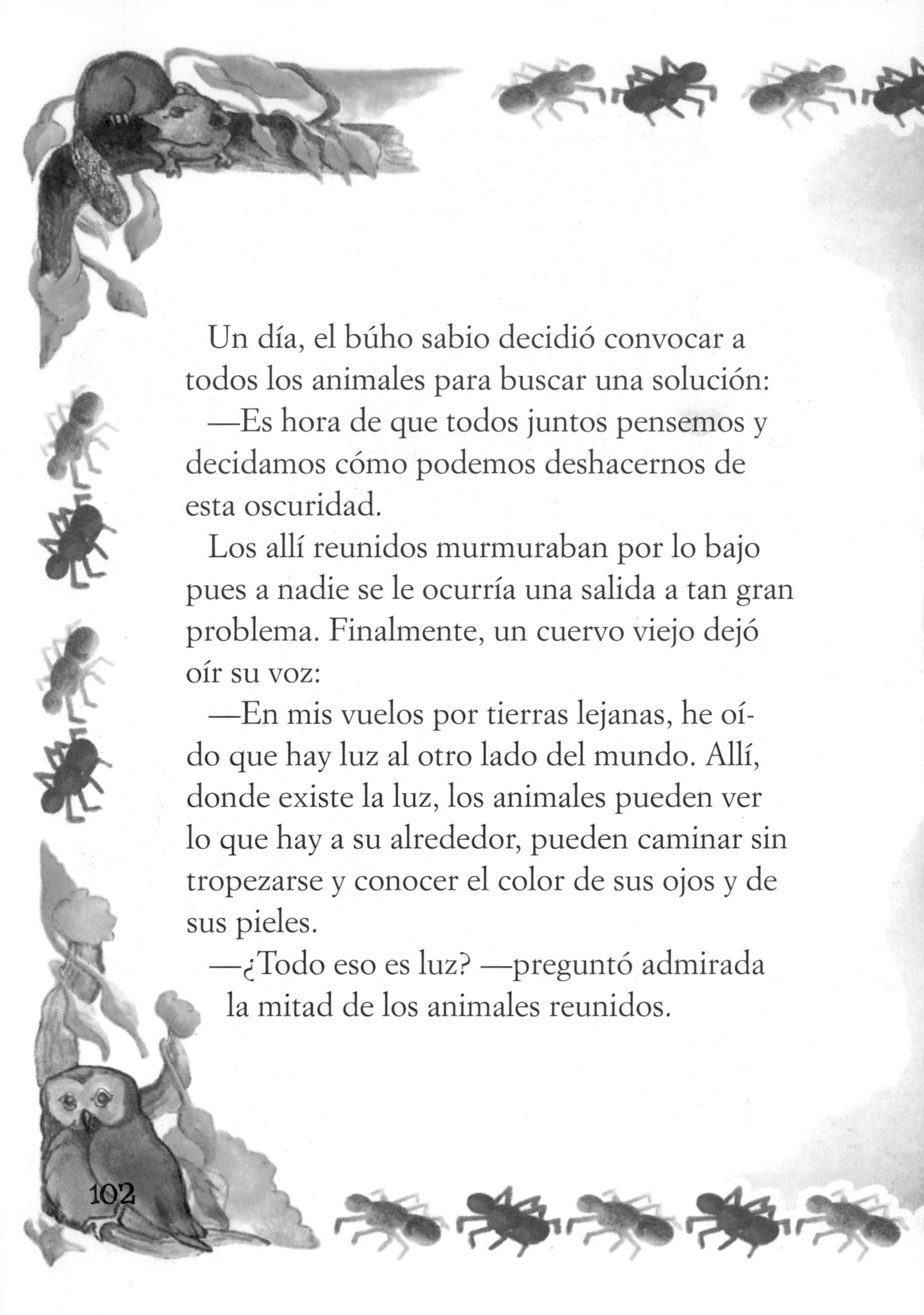

Un día, el búho sabio decidió convocar a todos los animales para buscar una solución:

—Es hora de que todos juntos pensemos y decidamos cómo podemos deshacernos de esta oscuridad.

Los allí reunidos murmuraban por lo bajo pues a nadie se le ocurría una salida a tan gran problema. Finalmente, un cuervo viejo dejó oír su voz:

—En mis vuelos por tierras lejanas, he oído que hay luz al otro lado del mundo. Allí, donde existe la luz, los animales pueden ver lo que hay a su alrededor, pueden caminar sin tropezarse y conocer el color de sus ojos y de sus pieles.

—¿Todo eso es luz? —preguntó admirada la mitad de los animales reunidos.

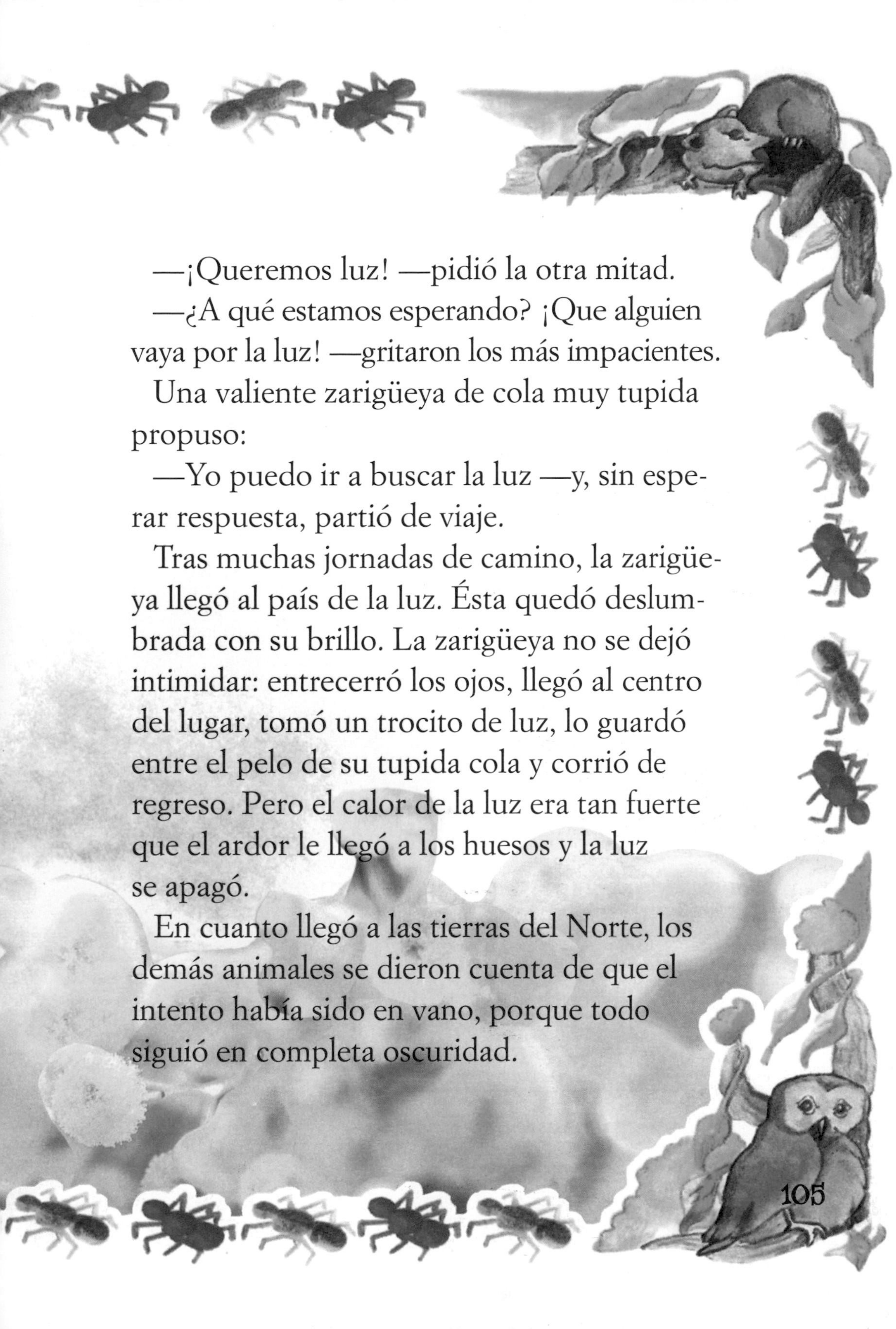

—¡Queremos luz! —pidió la otra mitad.

—¿A qué estamos esperando? ¡Que alguien vaya por la luz! —gritaron los más impacientes.

Una valiente zarigüeya de cola muy tupida propuso:

—Yo puedo ir a buscar la luz —y, sin esperar respuesta, partió de viaje.

Tras muchas jornadas de camino, la zarigüeya llegó al país de la luz. Ésta quedó deslumbrada con su brillo. La zarigüeya no se dejó intimidar: entrecerró los ojos, llegó al centro del lugar, tomó un trocito de luz, lo guardó entre el pelo de su tupida cola y corrió de regreso. Pero el calor de la luz era tan fuerte que el ardor le llegó a los huesos y la luz se apagó.

En cuanto llegó a las tierras del Norte, los demás animales se dieron cuenta de que el intento había sido en vano, porque todo siguió en completa oscuridad.

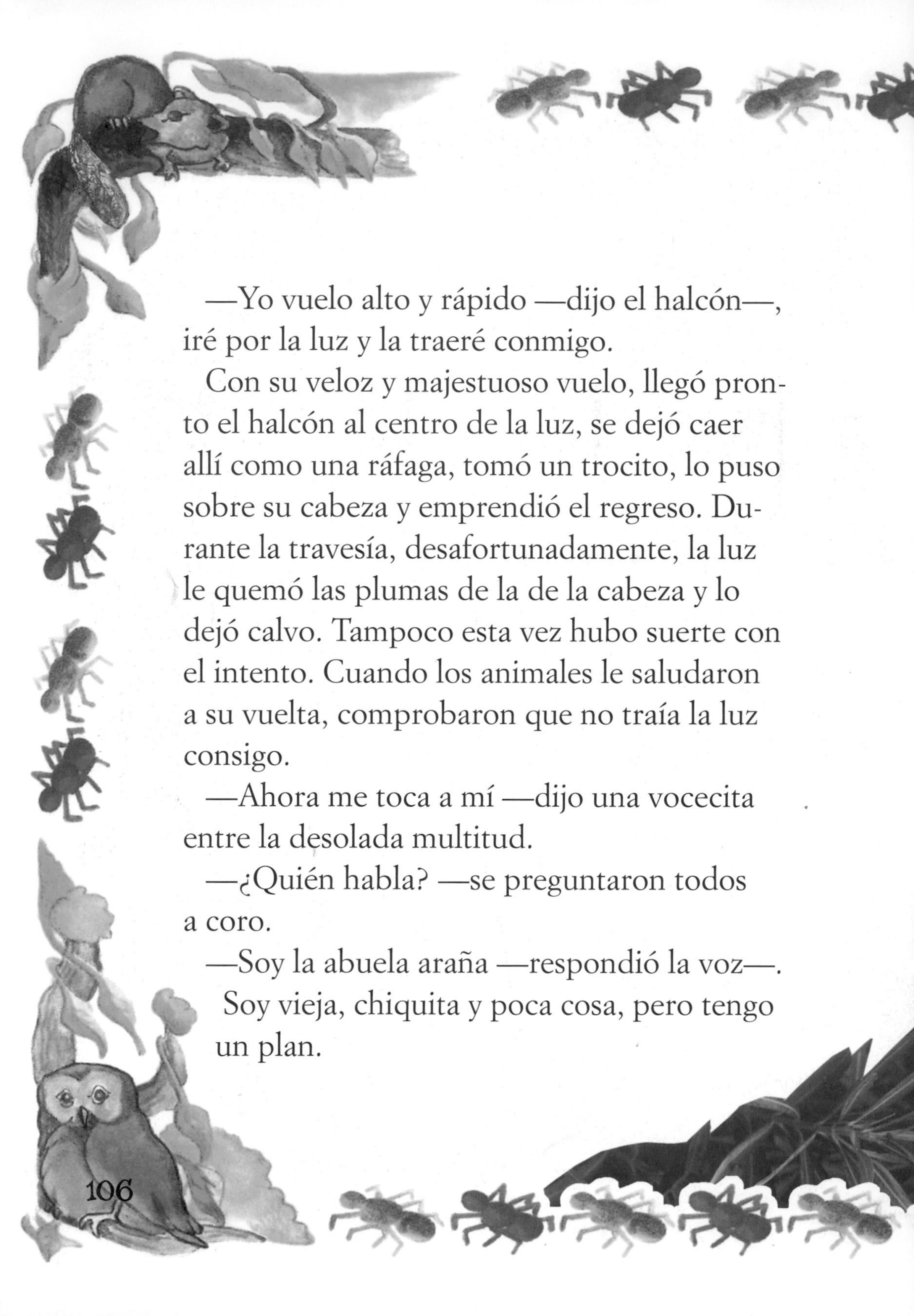

—Yo vuelo alto y rápido —dijo el halcón—, iré por la luz y la traeré conmigo.

Con su veloz y majestuoso vuelo, llegó pronto el halcón al centro de la luz, se dejó caer allí como una ráfaga, tomó un trocito, lo puso sobre su cabeza y emprendió el regreso. Durante la travesía, desafortunadamente, la luz le quemó las plumas de la de la cabeza y lo dejó calvo. Tampoco esta vez hubo suerte con el intento. Cuando los animales le saludaron a su vuelta, comprobaron que no traía la luz consigo.

—Ahora me toca a mí —dijo una vocecita entre la desolada multitud.

—¿Quién habla? —se preguntaron todos a coro.

—Soy la abuela araña —respondió la voz—. Soy vieja, chiquita y poca cosa, pero tengo un plan.

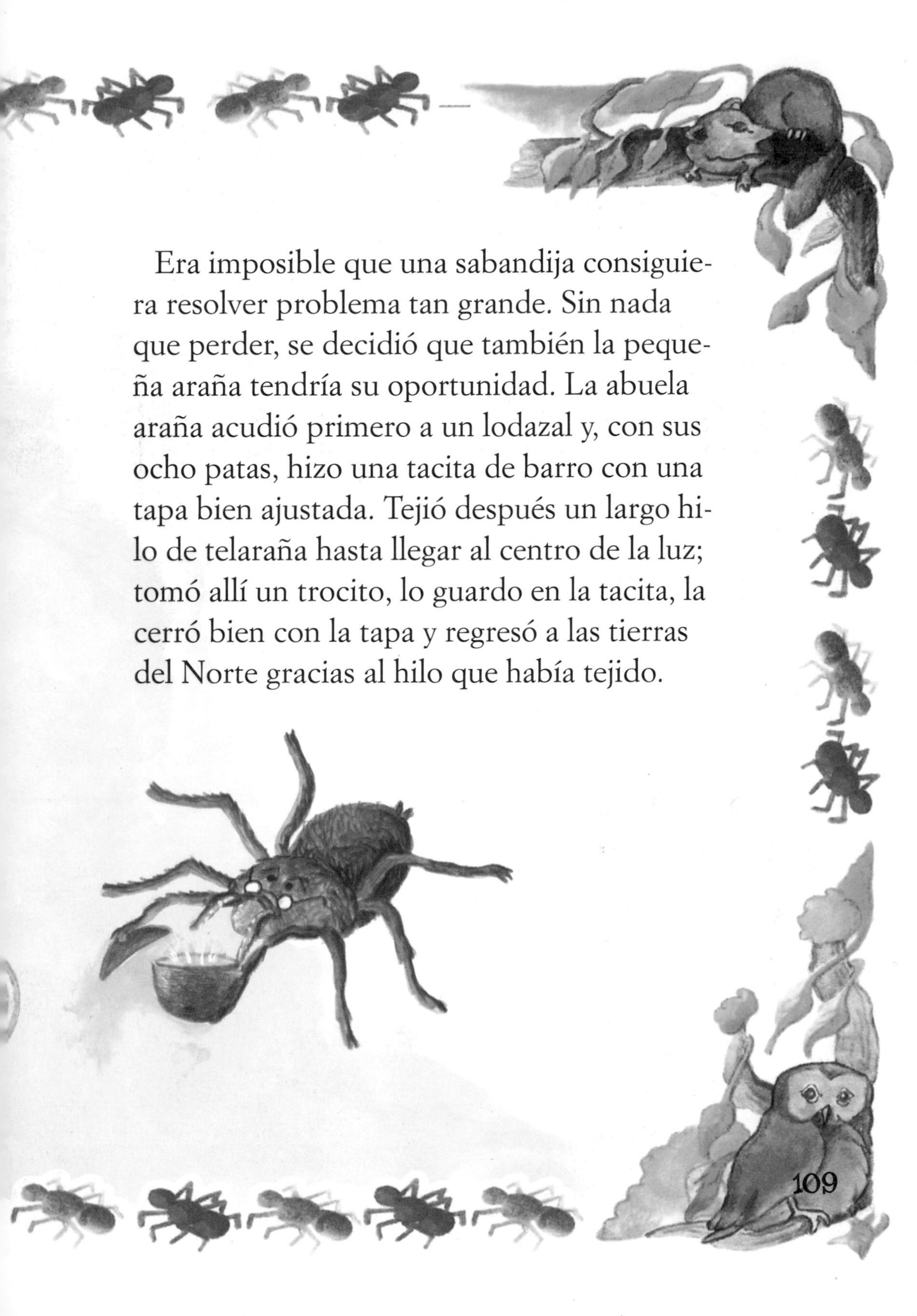

Era imposible que una sabandija consiguiera resolver problema tan grande. Sin nada que perder, se decidió que también la pequeña araña tendría su oportunidad. La abuela araña acudió primero a un lodazal y, con sus ocho patas, hizo una tacita de barro con una tapa bien ajustada. Tejió después un largo hilo de telaraña hasta llegar al centro de la luz; tomó allí un trocito, lo guardo en la tacita, la cerró bien con la tapa y regresó a las tierras del Norte gracias al hilo que había tejido.

El resto de los animales estaban seguros de que nada traería. Cuando regresó, la abuela araña les pidió que hicieran un círculo a su alrededor: abrió entonces la tacita y la luz salió de ella con un maravilloso resplandor.

Desde entonces, en las tierras del Norte hay día y noche. La abuela araña sigue teje que teje su telaraña y es respetada por los demás animales, que aprecian su valentía, su ingenio y su habilidad.

LA LEYENDA DEL MAÍZ

Hace muchísimo tiempo, la comida empezó a escasear sobre la faz de la Tierra. Los hombres se veían tan delgados como una lombriz y sus fuerzas flaqueaban.

Quetzalcóatl, preocupado, decidió buscar alimento en la planicie.

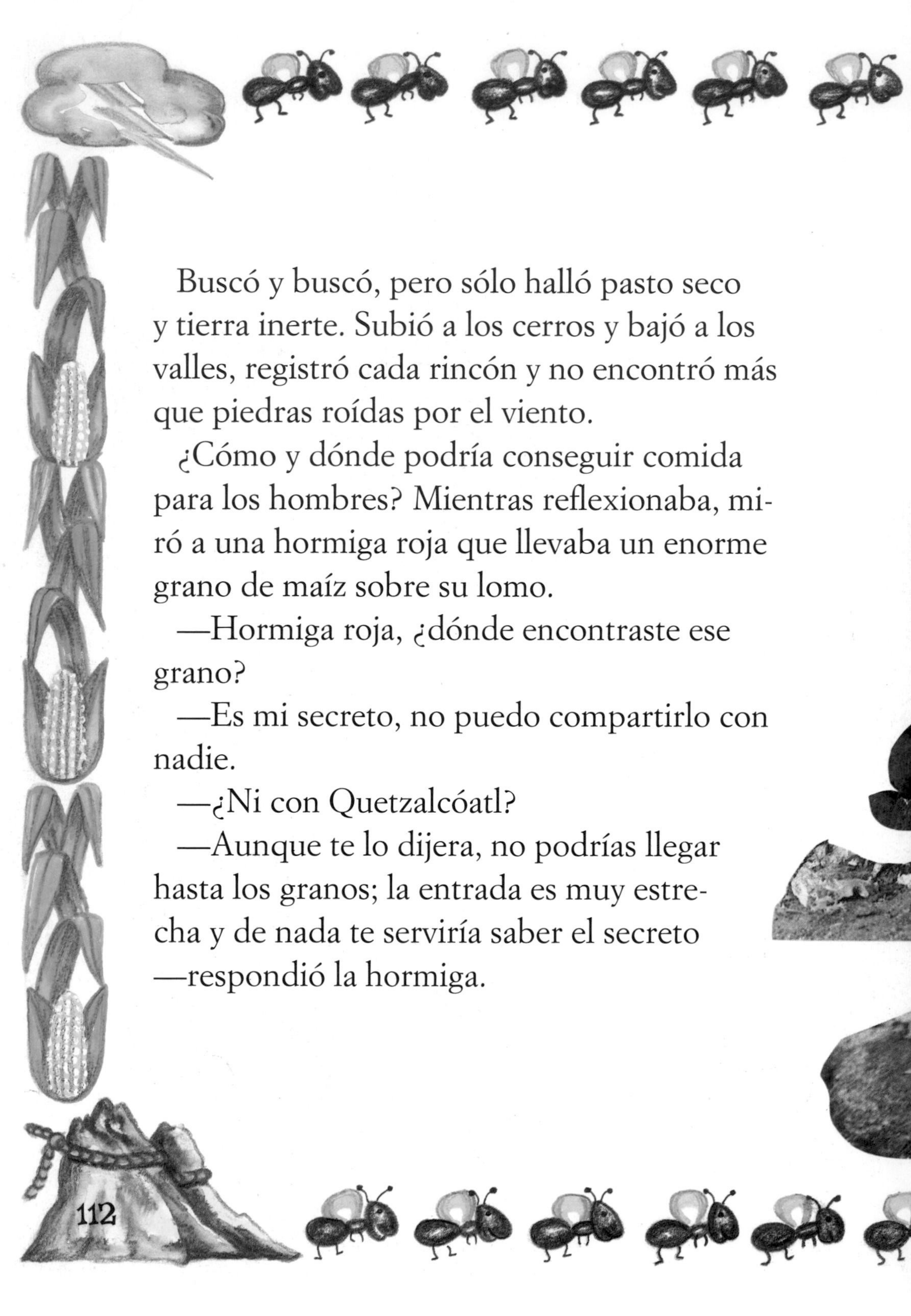

Buscó y buscó, pero sólo halló pasto seco y tierra inerte. Subió a los cerros y bajó a los valles, registró cada rincón y no encontró más que piedras roídas por el viento.

¿Cómo y dónde podría conseguir comida para los hombres? Mientras reflexionaba, miró a una hormiga roja que llevaba un enorme grano de maíz sobre su lomo.

—Hormiga roja, ¿dónde encontraste ese grano?

—Es mi secreto, no puedo compartirlo con nadie.

—¿Ni con Quetzalcóatl?

—Aunque te lo dijera, no podrías llegar hasta los granos; la entrada es muy estrecha y de nada te serviría saber el secreto —respondió la hormiga.

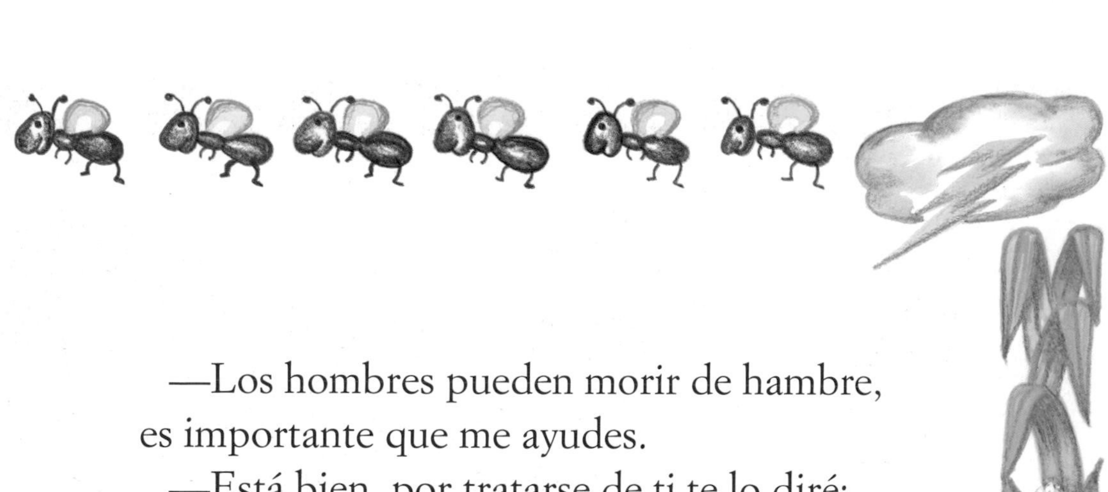

—Los hombres pueden morir de hambre, es importante que me ayudes.

—Está bien, por tratarse de ti te lo diré: los granos se encuentran en el Monte de los Sustentos.

—Acompáñame allá, por favor —le pidió Quetzalcóatl.

—Si te conviertes en mi amigo, te llevaré —dijo la hormiga.

Y Quetzalcóatl se convirtió en hormiga negra. El camino era sinuoso: subieron y bajaron cuestas, cruzaron con gran esfuerzo por encima de las ramas, caminaron entre piedras... Y no había agua para beber.

Después de mucho tiempo, cruzaron un estrecho y oscuro túnel que los condujo al Monte de los Sustentos.

Y allí estaba el preciado tesoro: miles y miles de granos de maíz. El maíz amarillo era reluciente como los rayos del sol; el maíz blanco brillaba como las estrellas del firmamento; el maíz azul parecía el cielo antes de la tormenta; y el maíz rojo recordaba un esplendoroso atardecer.

Quetzalcóatl tomó algunos granos de maíz y los llevó a la tierra para que los hombres pudieran comer.

Después de alimentarlos, los hombres se lo agradecieron de todo corazón. Quetzalcóatl volvió al Monte de los Sustentos y quiso atarlo con cuerdas para llevárselo, pero el monte era muy pesado. Pidió entonces ayuda al dios del rayo para despedazar el monte.

—¿Por qué motivo he de destruir algo tan bello? —preguntó el dios del rayo.

—Para alimentar a los hombres.

Tremendos rayos y relámpagos golpearon repetidas veces el monte hasta despedazarlo.

Con ayuda de las hormigas, Quetzalcóatl hizo montones de maíz blanco, de maíz amarillo, de maíz azul y de maíz rojo. Era tal la cantidad, que se dio cuenta de que resultaría imposible transportar todos los montones.

Llamó entonces al dios de la lluvia para que le ayudara a lanzar los granos en todas las direcciones.

—¿Por qué motivo he de dispersar el maíz? —preguntó el dios de la lluvia.

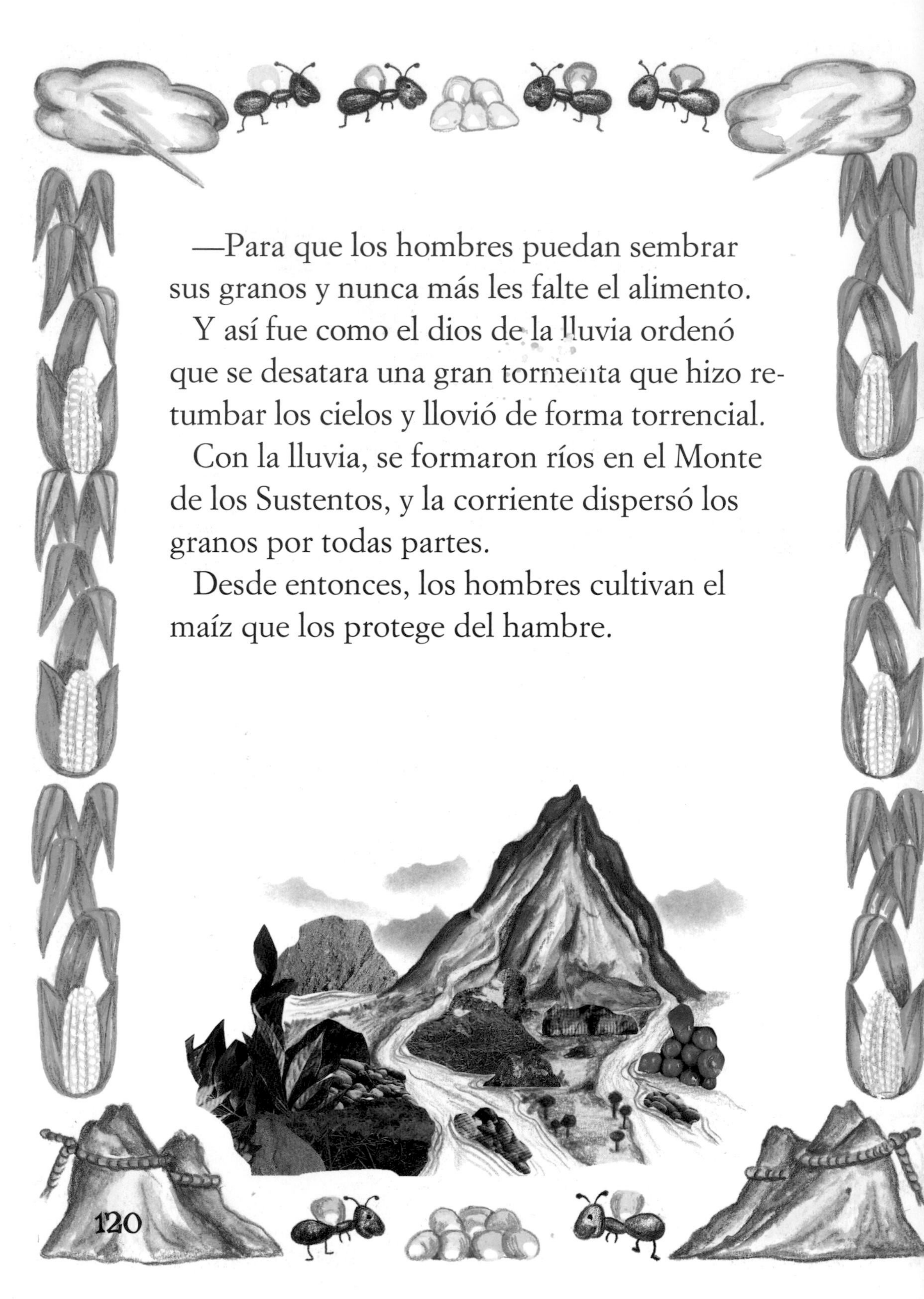

—Para que los hombres puedan sembrar sus granos y nunca más les falte el alimento.

Y así fue como el dios de la lluvia ordenó que se desatara una gran tormenta que hizo retumbar los cielos y llovió de forma torrencial.

Con la lluvia, se formaron ríos en el Monte de los Sustentos, y la corriente dispersó los granos por todas partes.

Desde entonces, los hombres cultivan el maíz que los protege del hambre.

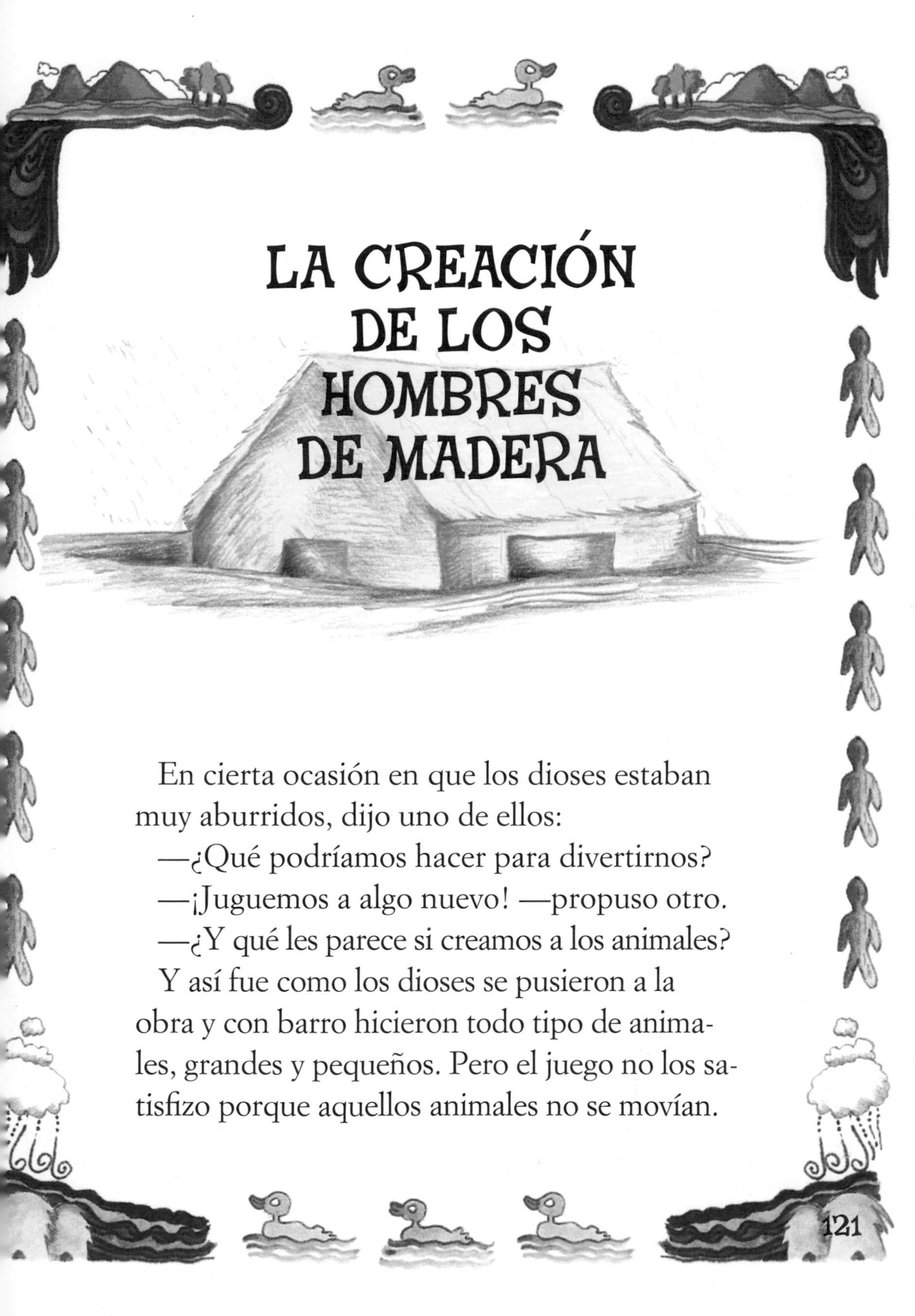

LA CREACIÓN DE LOS HOMBRES DE MADERA

En cierta ocasión en que los dioses estaban muy aburridos, dijo uno de ellos:

—¿Qué podríamos hacer para divertirnos?

—¡Juguemos a algo nuevo! —propuso otro.

—¿Y qué les parece si creamos a los animales?

Y así fue como los dioses se pusieron a la obra y con barro hicieron todo tipo de animales, grandes y pequeños. Pero el juego no los satisfizo porque aquellos animales no se movían.

—¡Añadamos diversión! ¡Que los animales caminen, naden, corran, vuelen, se arrastren, salten...! —dictaminó uno de los dioses.

Y los animales corrieron, se escondieron, se persiguieron unos a otros velozmente, y algunos, como los patos, chapotearon en los ríos. Pero aún faltaba algo, porque todo esto lo hacían en silencio. A otro de los dioses se le ocurrió inmediatamente:

—¡Que chillen, aúllen, rujan, canten, graznen...!

Y los animales comenzaron a emitir sus mil ruidos, cada especie su sonido particular, y el lugar se llenó de sonidos y de algarabía.

Uno de los dioses, alborozado con el espectáculo, deseó aún más diversión:

—¡Que hablen! —ordenó.

Pero ninguno de los animales obedeció esta última orden.

—¡Que hablen! —insistieron los dioses caprichosos.

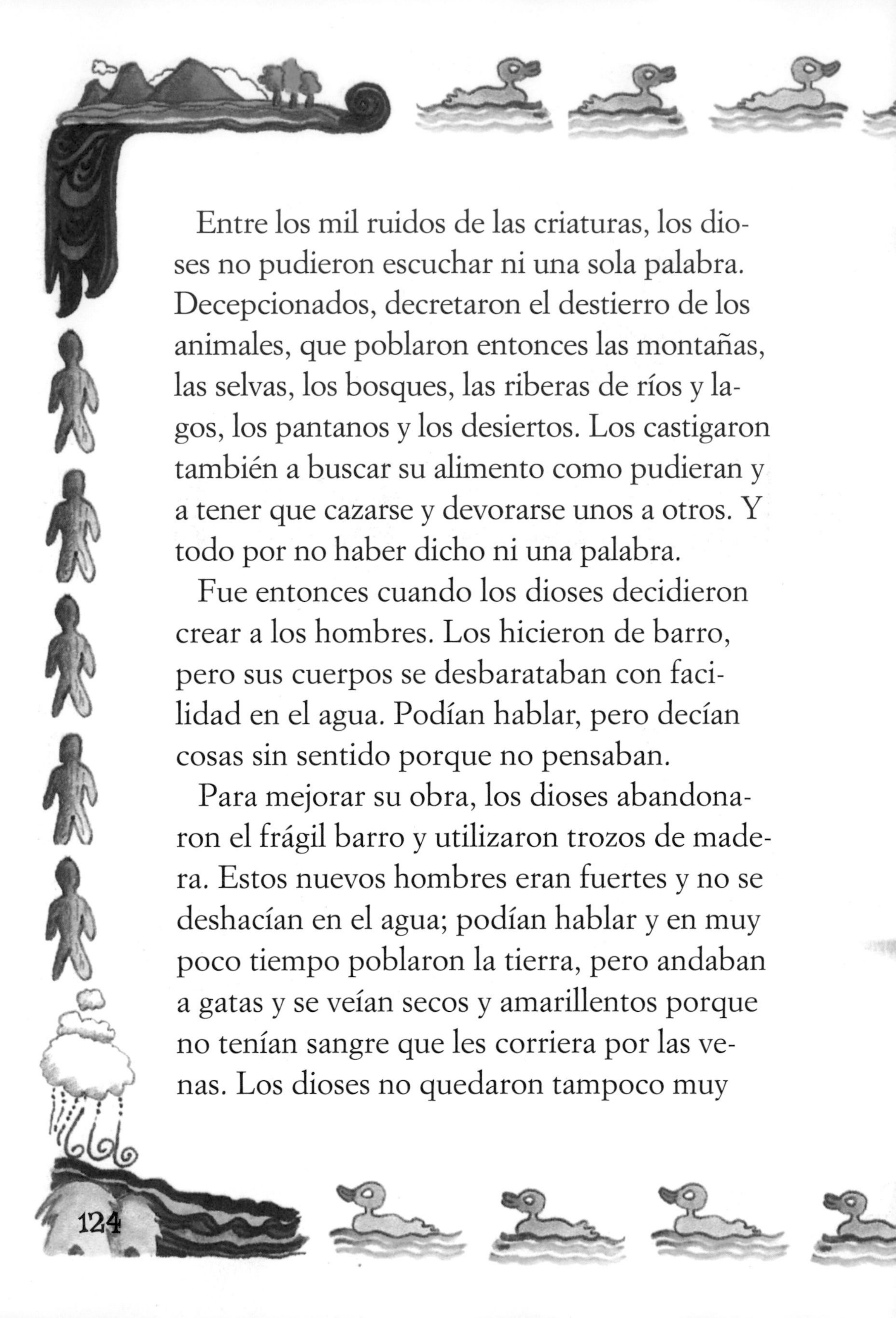

Entre los mil ruidos de las criaturas, los dioses no pudieron escuchar ni una sola palabra. Decepcionados, decretaron el destierro de los animales, que poblaron entonces las montañas, las selvas, los bosques, las riberas de ríos y lagos, los pantanos y los desiertos. Los castigaron también a buscar su alimento como pudieran y a tener que cazarse y devorarse unos a otros. Y todo por no haber dicho ni una palabra.

Fue entonces cuando los dioses decidieron crear a los hombres. Los hicieron de barro, pero sus cuerpos se desbarataban con facilidad en el agua. Podían hablar, pero decían cosas sin sentido porque no pensaban.

Para mejorar su obra, los dioses abandonaron el frágil barro y utilizaron trozos de madera. Estos nuevos hombres eran fuertes y no se deshacían en el agua; podían hablar y en muy poco tiempo poblaron la tierra, pero andaban a gatas y se veían secos y amarillentos porque no tenían sangre que les corriera por las venas. Los dioses no quedaron tampoco muy

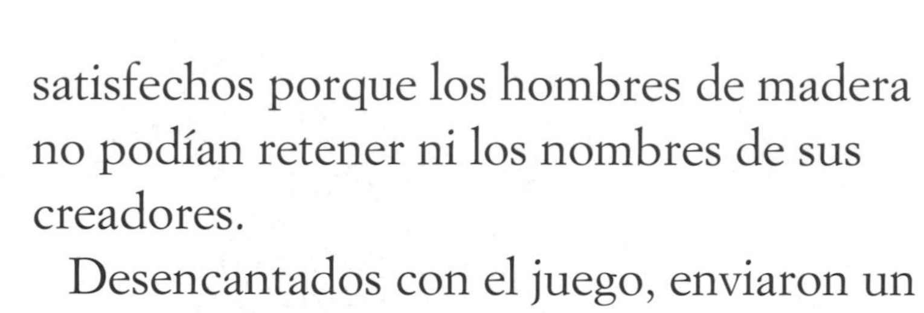

satisfechos porque los hombres de madera no podían retener ni los nombres de sus creadores.

Desencantados con el juego, enviaron un diluvio que duró tres días y tres noches, y toda la creación se inundó. Después, ordenaron que las cosas y los animales que habían regalado a los hombres se volvieran contra ellos. Los guajolotes les picaron las pantorrillas, los perros los persiguieron como a desconocidos y las piedras con las que molían el grano les molieron los huesos.

Los hombrecitos amarillentos hechos de madera corrían de un lado a otro tratando de escapar. Algunos subieron a los techos de las casas y las casas se sacudieron y los arrojaron contra la tierra. Otros treparon a los árboles y las ramas se estiraron casi hasta el suelo, luego se enderezaron y los catapultaron muy lejos. Los que quedaban corrieron a refugiarse en las cavernas, pero las cavernas se cerraban a su paso. Y todo porque en sus cabezotas de madera no tenían memoria.

Al final se ocultaron en los bosques y ahí permanecieron para protegerse de la ira de los dioses antojadizos.

Todavía hoy, quien se aventura por la espesura de la selva, puede de pronto ver pasar, columpiándose entre las ramas de los árboles, a los descendientes de aquellos hombrecillos de madera. Son los monos.

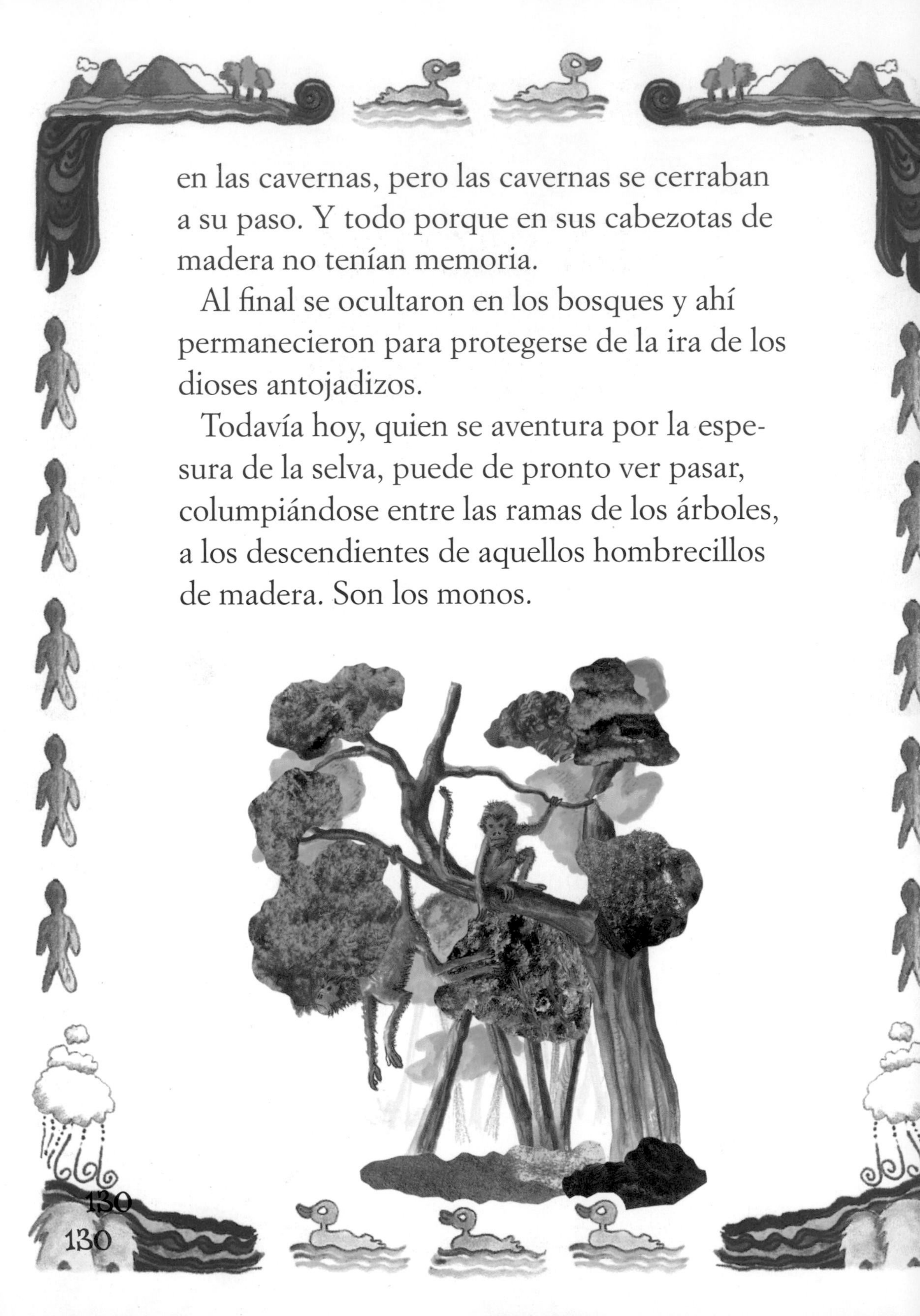

130

LA PALOMA BLANCA CON LA PECHERA ROJA

Cuando Tupá gobernaba el cielo y la tierra, quiso crear un mundo bello. Ideó para ello verdes planicies, mares azules, altas montañas, extensos lagos, caudalosos ríos, flores variadas, pájaros multicolores y animales de pieles negras, verdes, rojas, anaranjadas...

Un día, mientas miraba su creación desde lo alto, Tupá se fijó en las cumbres de las montañas. Valoró el color blanco que resplandecía en las alturas en forma de nieve o de nubes, y se dio cuenta de que no lo había utilizado en ninguna de sus criaturas vivas. Y ya no le quedaban más colores para regalar. ¿Cómo podría hacer para que alguno de los animales fuera tan blanco como las nubes?

Tupá se recostó en su hamaca y se sumió en una profunda reflexión.

El sol se ocultó, la luna asomó en el horizonte y bañó con su tenue luz la tierra. Pero Tupá, con la frente fruncida y la vista perdida, siguió mirando al vacío.

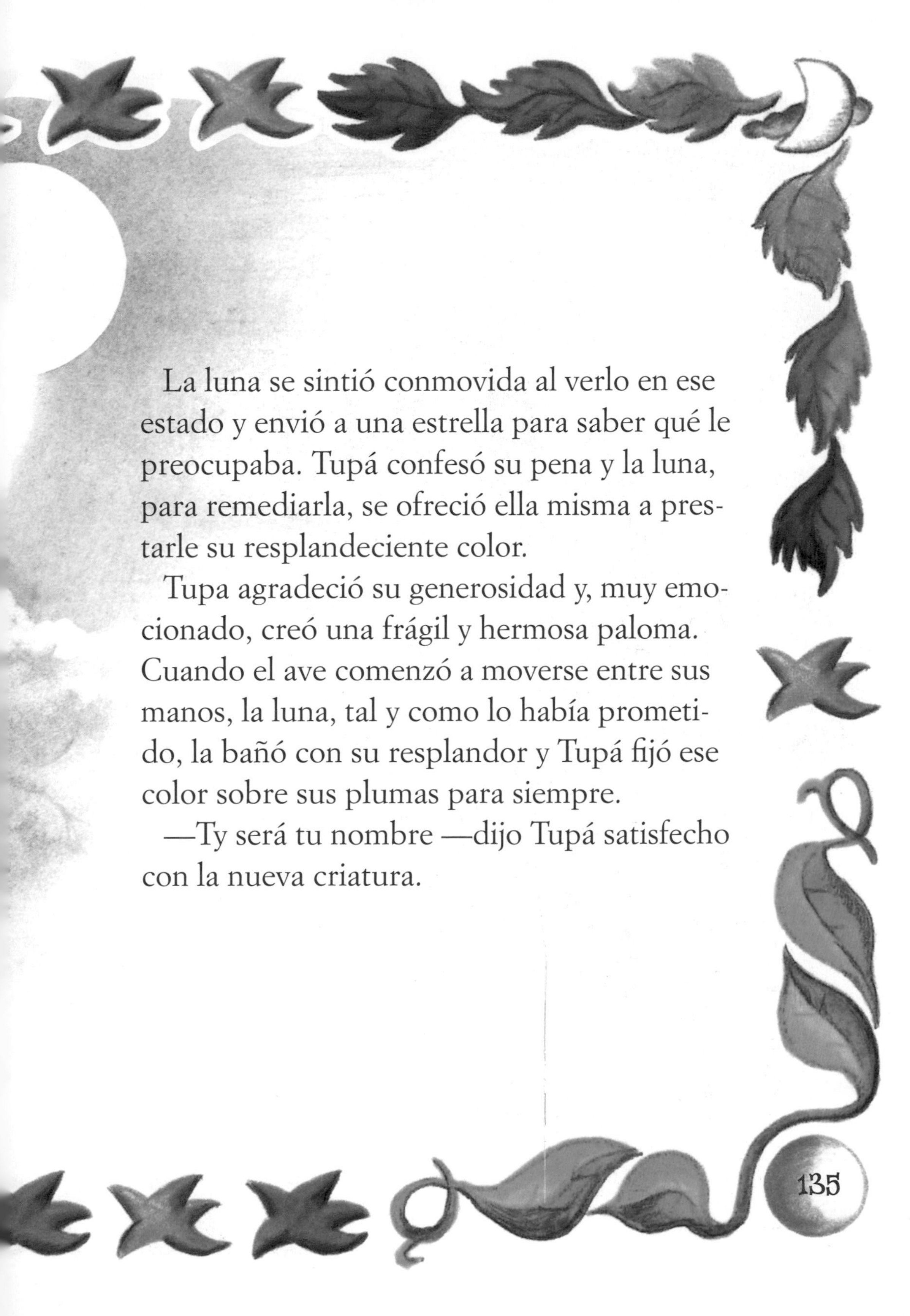

La luna se sintió conmovida al verlo en ese estado y envió a una estrella para saber qué le preocupaba. Tupá confesó su pena y la luna, para remediarla, se ofreció ella misma a prestarle su resplandeciente color.

Tupa agradeció su generosidad y, muy emocionado, creó una frágil y hermosa paloma. Cuando el ave comenzó a moverse entre sus manos, la luna, tal y como lo había prometido, la bañó con su resplandor y Tupá fijó ese color sobre sus plumas para siempre.

—Ty será tu nombre —dijo Tupá satisfecho con la nueva criatura.

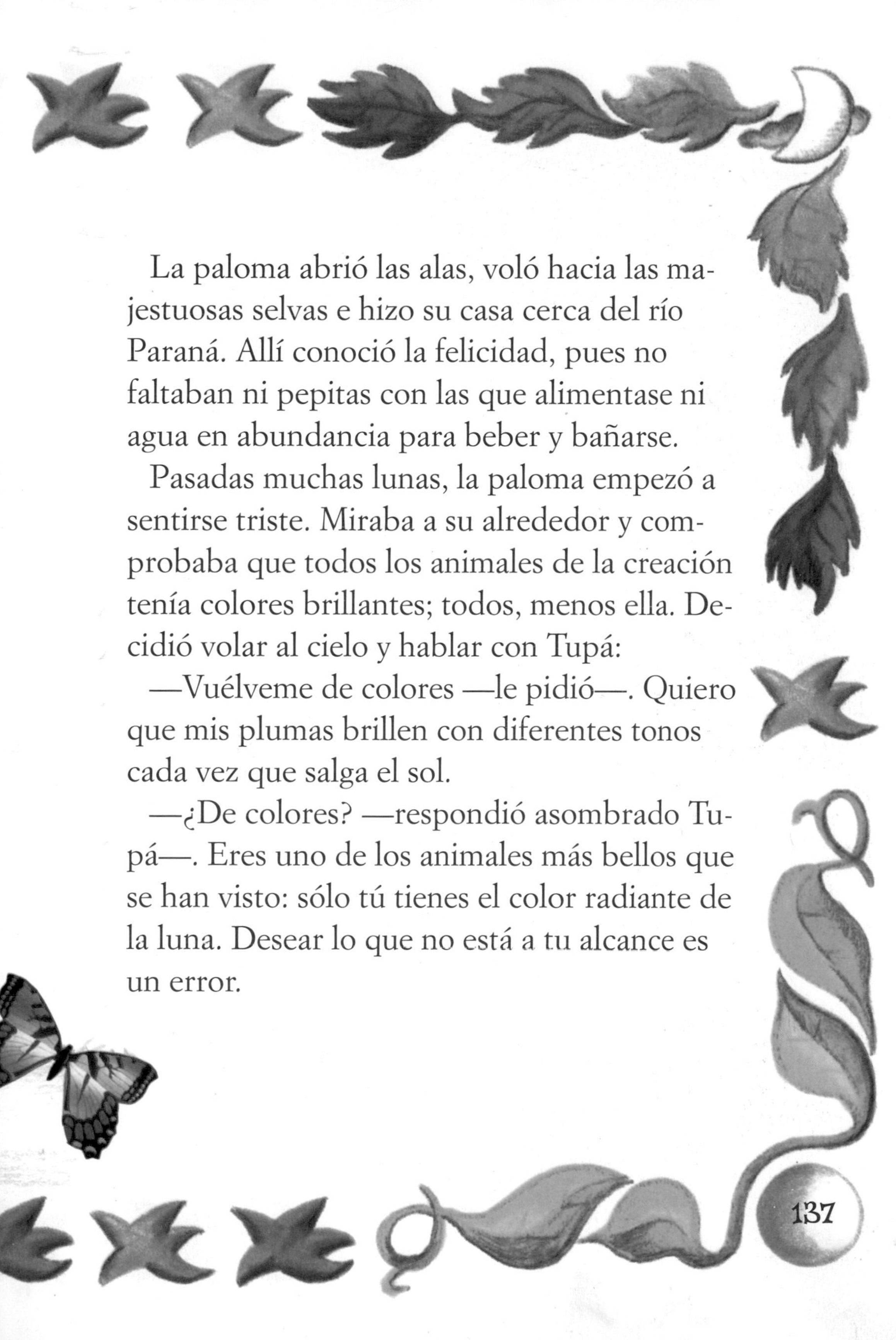

La paloma abrió las alas, voló hacia las majestuosas selvas e hizo su casa cerca del río Paraná. Allí conoció la felicidad, pues no faltaban ni pepitas con las que alimentase ni agua en abundancia para beber y bañarse.

Pasadas muchas lunas, la paloma empezó a sentirse triste. Miraba a su alrededor y comprobaba que todos los animales de la creación tenía colores brillantes; todos, menos ella. Decidió volar al cielo y hablar con Tupá:

—Vuélveme de colores —le pidió—. Quiero que mis plumas brillen con diferentes tonos cada vez que salga el sol.

—¿De colores? —respondió asombrado Tupá—. Eres uno de los animales más bellos que se han visto: sólo tú tienes el color radiante de la luna. Desear lo que no está a tu alcance es un error.

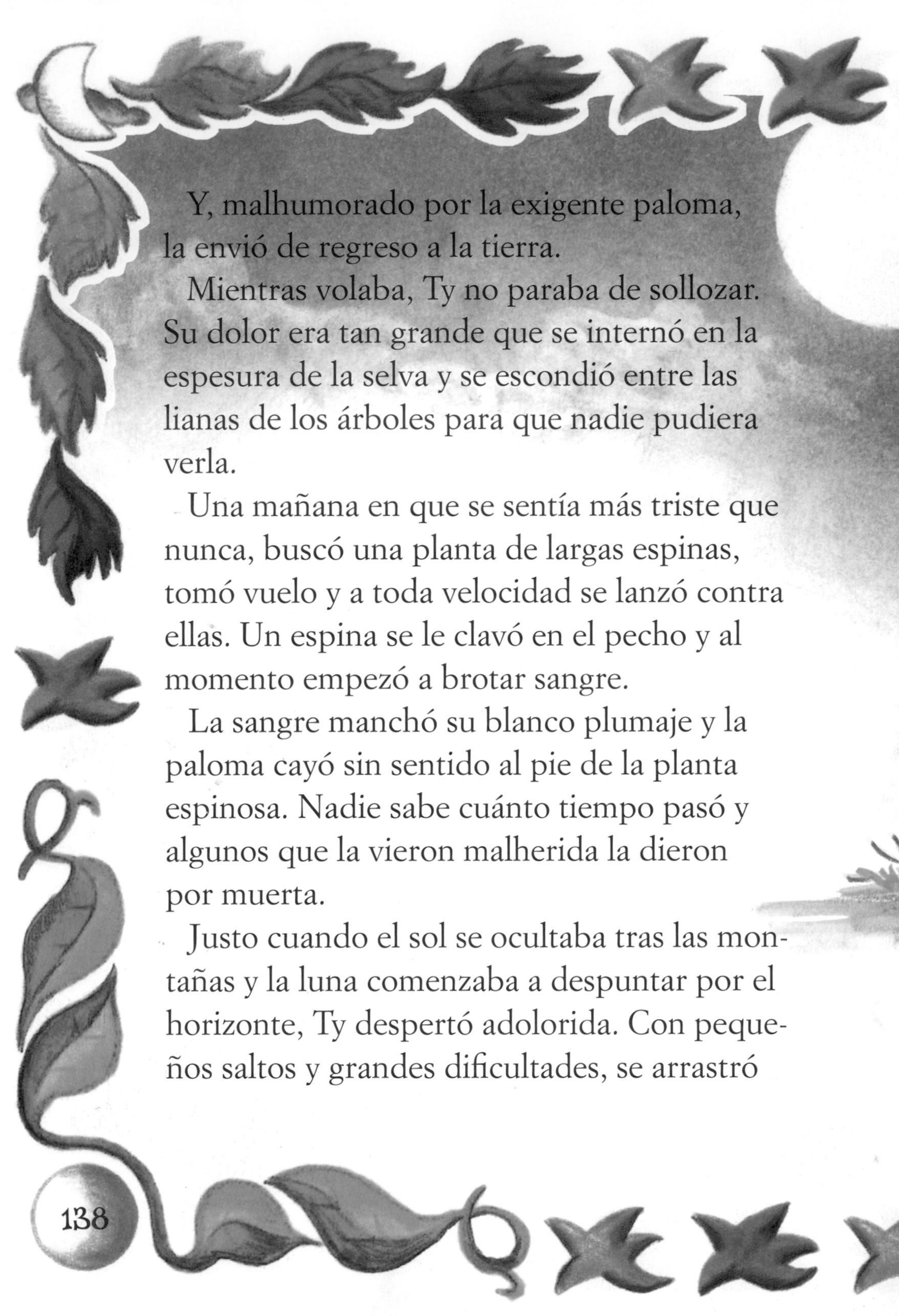

Y, malhumorado por la exigente paloma, la envió de regreso a la tierra.

Mientras volaba, Ty no paraba de sollozar. Su dolor era tan grande que se internó en la espesura de la selva y se escondió entre las lianas de los árboles para que nadie pudiera verla.

Una mañana en que se sentía más triste que nunca, buscó una planta de largas espinas, tomó vuelo y a toda velocidad se lanzó contra ellas. Un espina se le clavó en el pecho y al momento empezó a brotar sangre.

La sangre manchó su blanco plumaje y la paloma cayó sin sentido al pie de la planta espinosa. Nadie sabe cuánto tiempo pasó y algunos que la vieron malherida la dieron por muerta.

Justo cuando el sol se ocultaba tras las montañas y la luna comenzaba a despuntar por el horizonte, Ty despertó adolorida. Con pequeños saltos y grandes dificultades, se arrastró

hasta el río. Bebió agua y se bañó, pero por más que trató de lavar su pecho para que la mancha roja desapareciera, no lo logró.

Por eso Ty se ha convertido en el único pájaro que, en su plumaje todo blanco, lleva una mancha roja en el pecho que recuerda sus deseos imposibles.

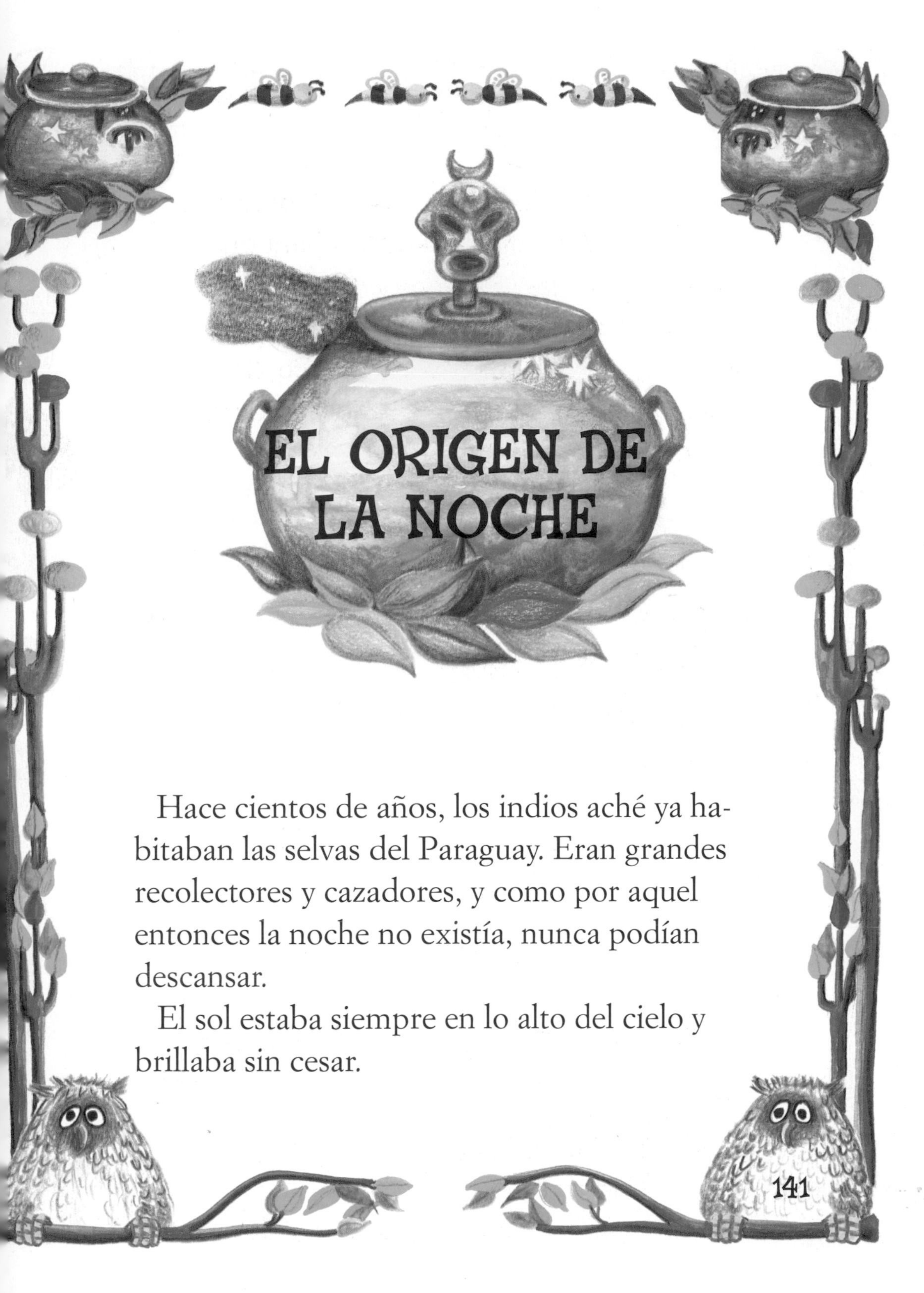

EL ORIGEN DE LA NOCHE

Hace cientos de años, los indios aché ya habitaban las selvas del Paraguay. Eran grandes recolectores y cazadores, y como por aquel entonces la noche no existía, nunca podían descansar.

El sol estaba siempre en lo alto del cielo y brillaba sin cesar.

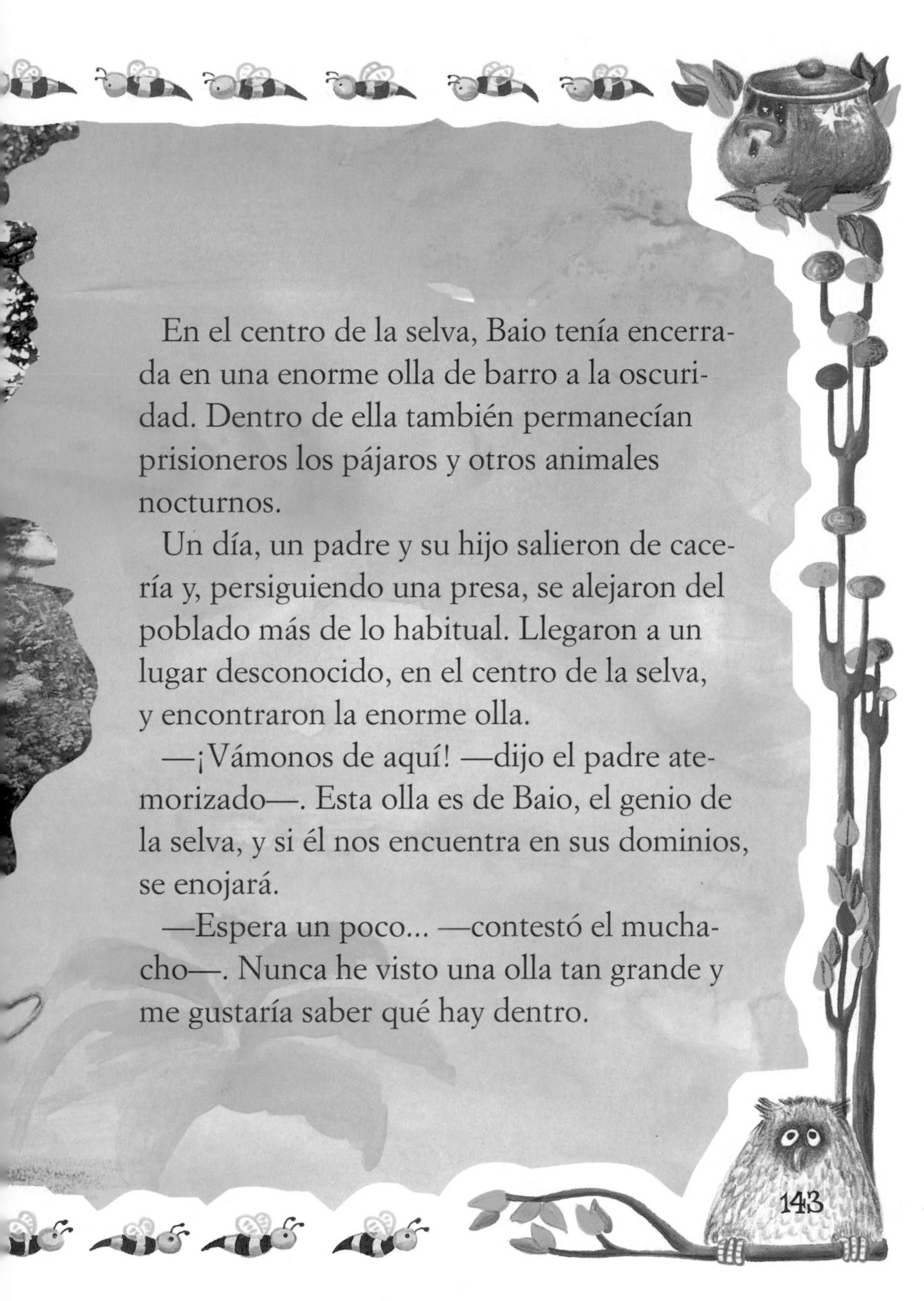

En el centro de la selva, Baio tenía encerrada en una enorme olla de barro a la oscuridad. Dentro de ella también permanecían prisioneros los pájaros y otros animales nocturnos.

Un día, un padre y su hijo salieron de cacería y, persiguiendo una presa, se alejaron del poblado más de lo habitual. Llegaron a un lugar desconocido, en el centro de la selva, y encontraron la enorme olla.

—¡Vámonos de aquí! —dijo el padre atemorizado—. Esta olla es de Baio, el genio de la selva, y si él nos encuentra en sus dominios, se enojará.

—Espera un poco... —contestó el muchacho—. Nunca he visto una olla tan grande y me gustaría saber qué hay dentro.

—No seas curioso y obedéceme, hijo. Te repito que esta olla es de Baio y no me gustaría encontrarme con él.

—¡Qué miedoso eres! —repuso el hijo—. Baio no tiene por qué enterarse de que estamos aquí, y quizá la olla tenga algo que nos beneficie... —y diciendo esto el joven tomó un palo y comenzó a golpear el recipiente.

A pesar de su tamaño, la olla era frágil, y con los golpes se formó una grieta por donde comenzaron a salir todas las criaturas nocturnas. La luna, asustada, huyó de su prisión y se ocultó de inmediato en las tinieblas. Baio, muy enojado, corrió a esconderse también en la noche.

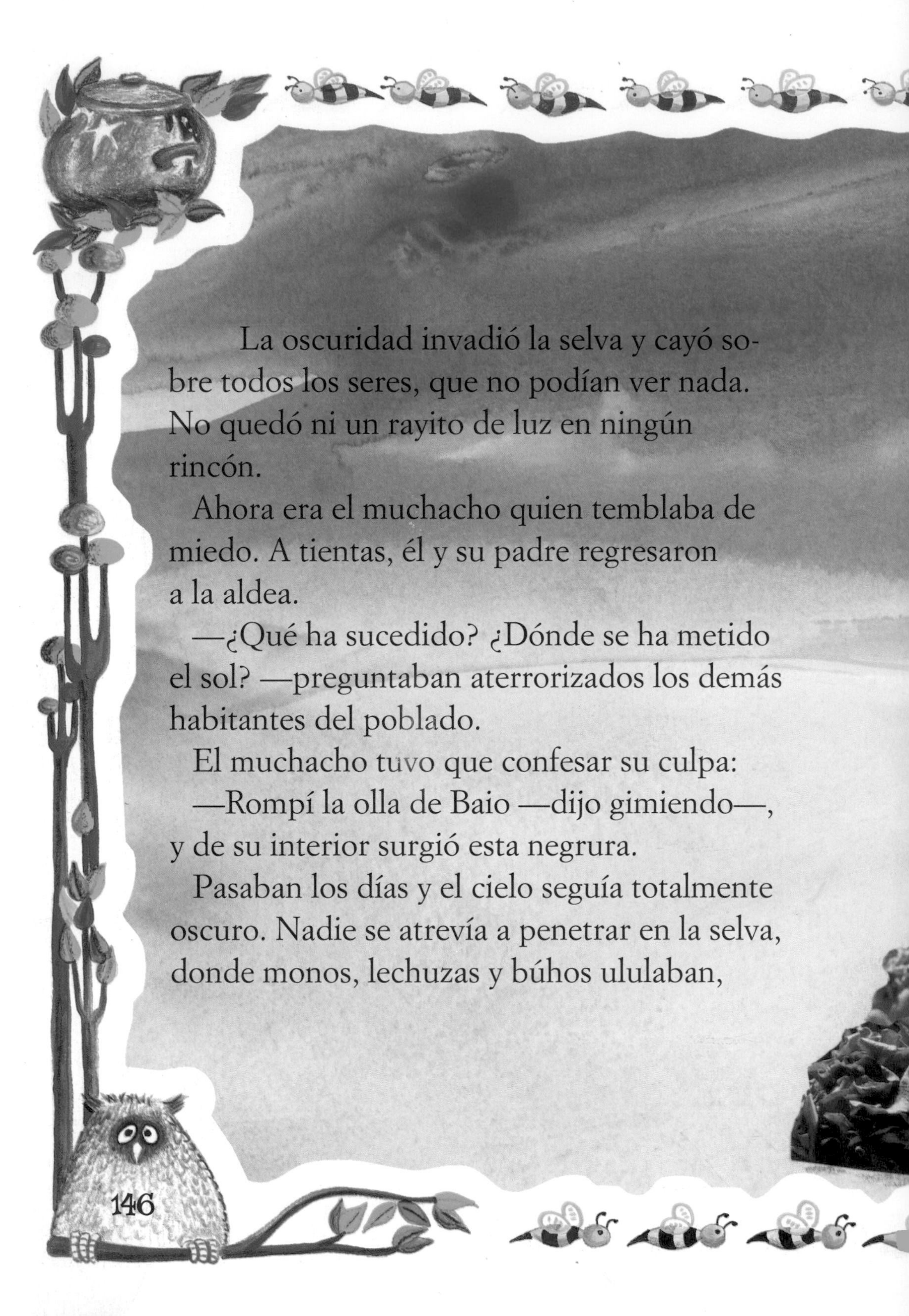

La oscuridad invadió la selva y cayó sobre todos los seres, que no podían ver nada. No quedó ni un rayito de luz en ningún rincón.

Ahora era el muchacho quien temblaba de miedo. A tientas, él y su padre regresaron a la aldea.

—¿Qué ha sucedido? ¿Dónde se ha metido el sol? —preguntaban aterrorizados los demás habitantes del poblado.

El muchacho tuvo que confesar su culpa:

—Rompí la olla de Baio —dijo gimiendo—, y de su interior surgió esta negrura.

Pasaban los días y el cielo seguía totalmente oscuro. Nadie se atrevía a penetrar en la selva, donde monos, lechuzas y búhos ululaban,

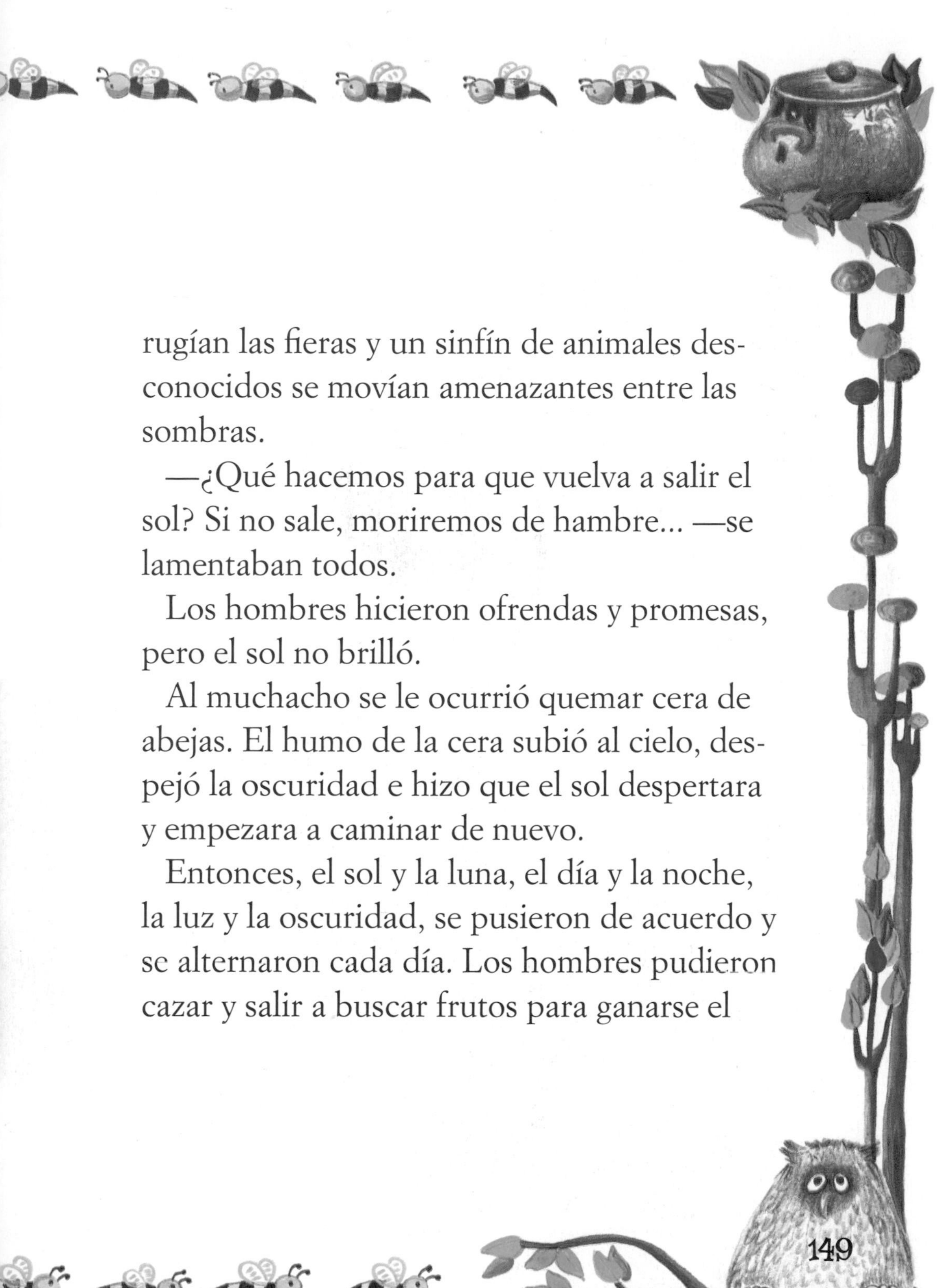

rugían las fieras y un sinfín de animales desconocidos se movían amenazantes entre las sombras.

—¿Qué hacemos para que vuelva a salir el sol? Si no sale, moriremos de hambre... —se lamentaban todos.

Los hombres hicieron ofrendas y promesas, pero el sol no brilló.

Al muchacho se le ocurrió quemar cera de abejas. El humo de la cera subió al cielo, despejó la oscuridad e hizo que el sol despertara y empezara a caminar de nuevo.

Entonces, el sol y la luna, el día y la noche, la luz y la oscuridad, se pusieron de acuerdo y se alternaron cada día. Los hombres pudieron cazar y salir a buscar frutos para ganarse el

sustento. Y pudieron también descansar después de sus tareas.

En un principio no les fue fácil acostumbrarse a la nueva situación, pero pasados unos días entendieron que hay momentos para trabajar y momentos para descansar.

A partir de ese día, los indios aché queman cera de abejas durante sus ceremonias para recordar que, con esa ofrenda, lograron que el sol volviera a lucir.

LA PIEDRA CUAPA

Hace muchísimos años, tantos que nadie recuerda cómo sucedió, en el Valle de Cuapa cayó del cielo una gigantesca roca. Y allí permanece hasta hoy día. Mide más que cinco hombres uno encima de otro y termina casi en punta.

Muy cerca de allí, vivía tiempo ha, en la Hacienda de la Flor, una familia que tenía una hija conocida en toda la comarca por su belleza y su buen humor. Era tan hermosa y encantadora que los muchos duendes que habitaban

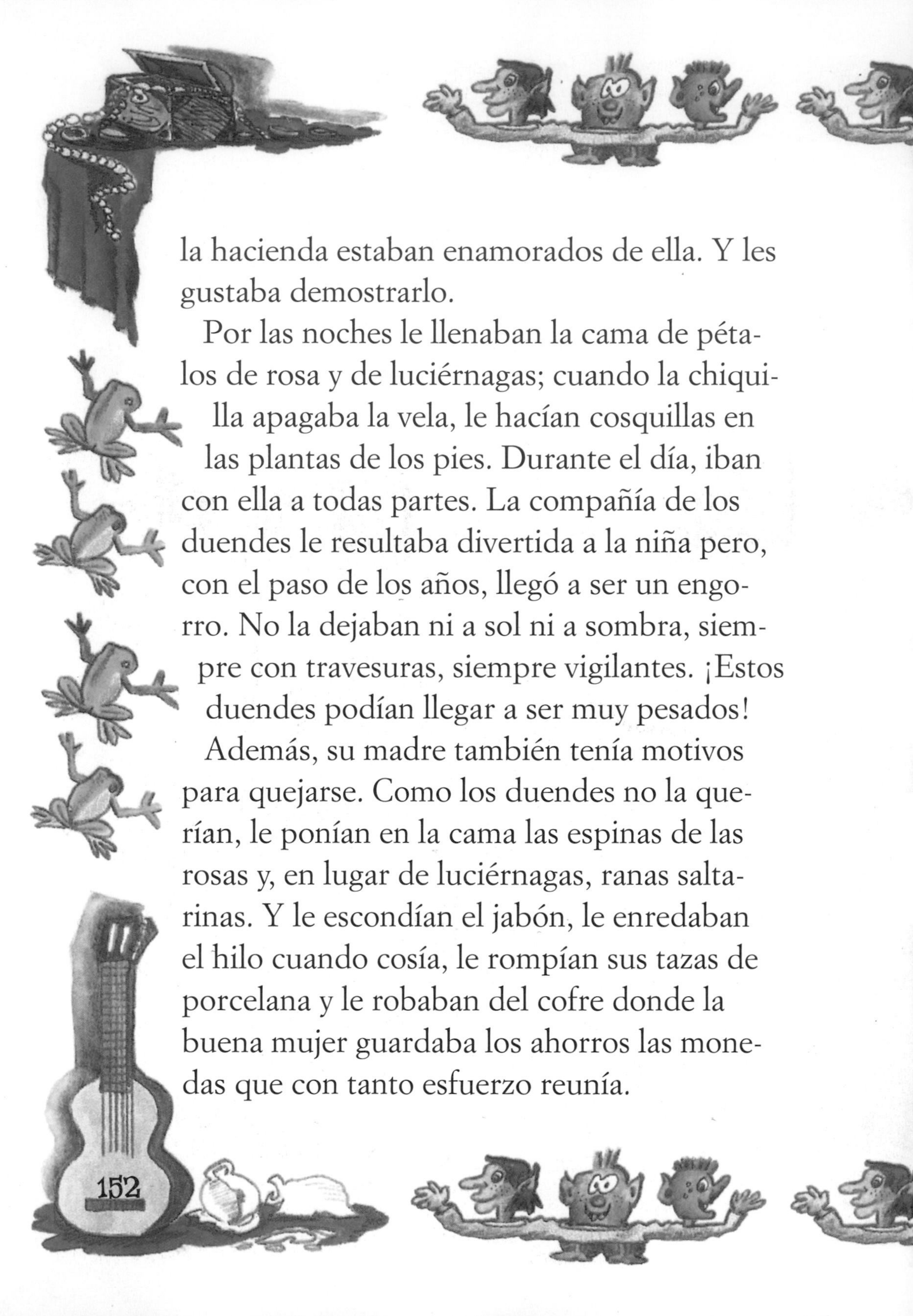

la hacienda estaban enamorados de ella. Y les gustaba demostrarlo.

Por las noches le llenaban la cama de pétalos de rosa y de luciérnagas; cuando la chiquilla apagaba la vela, le hacían cosquillas en las plantas de los pies. Durante el día, iban con ella a todas partes. La compañía de los duendes le resultaba divertida a la niña pero, con el paso de los años, llegó a ser un engorro. No la dejaban ni a sol ni a sombra, siempre con travesuras, siempre vigilantes. ¡Estos duendes podían llegar a ser muy pesados!

Además, su madre también tenía motivos para quejarse. Como los duendes no la querían, le ponían en la cama las espinas de las rosas y, en lugar de luciérnagas, ranas saltarinas. Y le escondían el jabón, le enredaban el hilo cuando cosía, le rompían sus tazas de porcelana y le robaban del cofre donde la buena mujer guardaba los ahorros las monedas que con tanto esfuerzo reunía.

¡Ay de ella si los increpaba por todas estas fechorías! Porque entonces los duendes le jalaban el pelo y le pellizcaban los cachetes sin compasión.

Así estaban las cosas cuando, una mañana, el padre de la muchacha se dirigió a las caballerizas en busca de su burro y no lo encontró. Miró en los alrededores de la hacienda y el animal no apareció. Por más que rastreó por acá y por allá, preguntando a los vecinos y recorriendo los campos, no lo halló. Y nadie pudo darle razón de su paradero.

Al mediodía, cuando estaba a punto de abandonar la búsqueda y ya regresaba a la hacienda muy apesadumbrado por la pérdida del animal, le pareció escuchar un débil rebuzno. Venía de muy lejos. Siguiendo el sonido lastimero, fue a encontrar a su burro encaramado sobre la inmensa piedra de Cuapa.

El pobre animal juntaba las patas delanteras y traseras en lo alto del pico de la piedra para no caerse. Estaba tan asustado que no paraba de rebuznar mirando hacia el vacío.

El padre llamó a su hija para que viera lo sucedido. Señalando la ridícula estampa del pobre burro, le dijo:

—Ésta es otra de las maldades de tus duendes. Tienes que ser más amable con ellos, agradecerles sus regalos y reírles las gracias. Y pídeles después que bajen de ahí al burro porque, si no, morirá, y tú tendrás que acarrear el agua y el zacate.

La joven obedeció a su padre y los duendes se dieron por satisfechos. Como estaban enamorados de ella, accedieron a devolver el burro a la caballeriza.

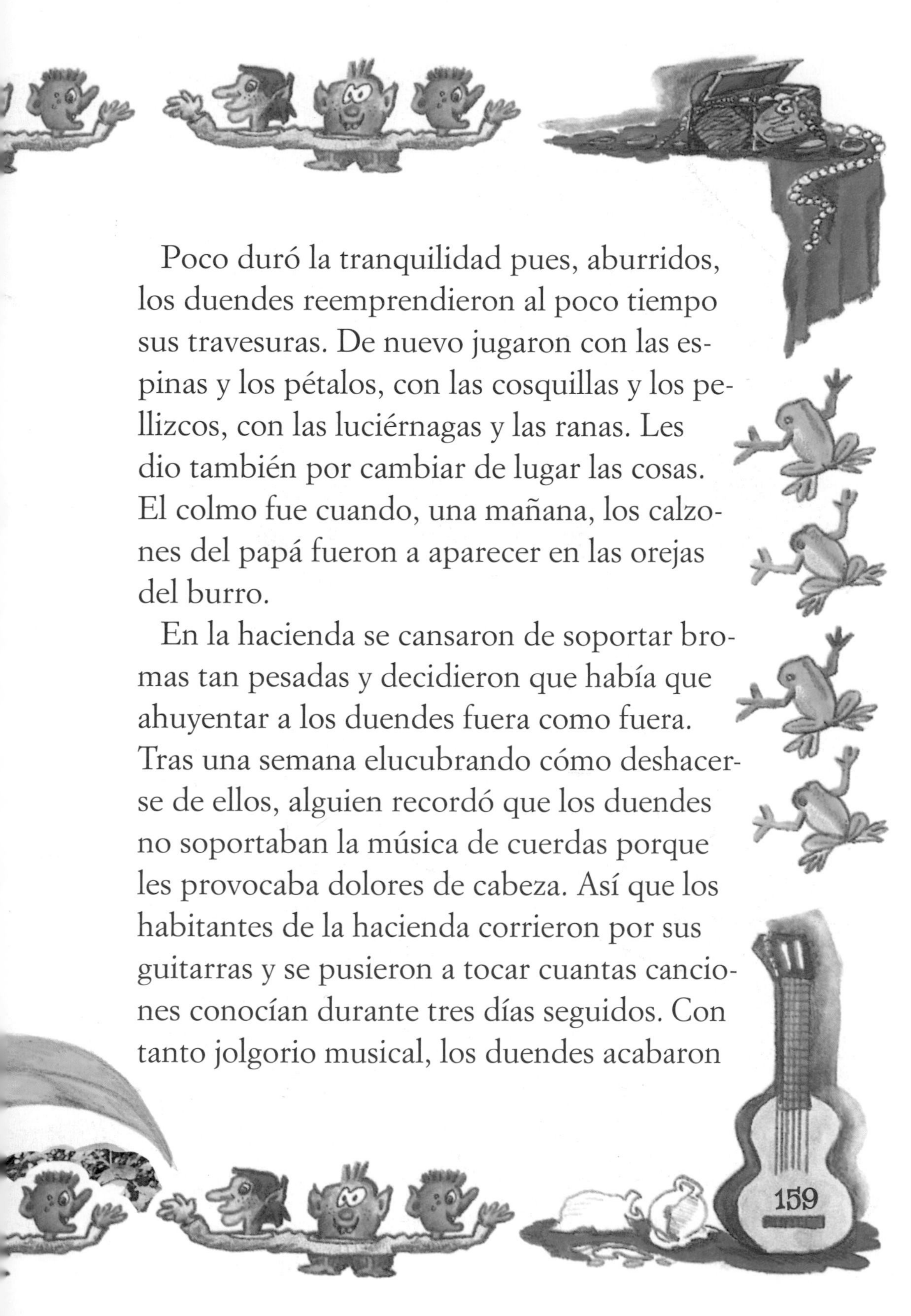

Poco duró la tranquilidad pues, aburridos, los duendes reemprendieron al poco tiempo sus travesuras. De nuevo jugaron con las espinas y los pétalos, con las cosquillas y los pellizcos, con las luciérnagas y las ranas. Les dio también por cambiar de lugar las cosas. El colmo fue cuando, una mañana, los calzones del papá fueron a aparecer en las orejas del burro.

En la hacienda se cansaron de soportar bromas tan pesadas y decidieron que había que ahuyentar a los duendes fuera como fuera. Tras una semana elucubrando cómo deshacerse de ellos, alguien recordó que los duendes no soportaban la música de cuerdas porque les provocaba dolores de cabeza. Así que los habitantes de la hacienda corrieron por sus guitarras y se pusieron a tocar cuantas canciones conocían durante tres días seguidos. Con tanto jolgorio musical, los duendes acabaron por desesperarse y huyeron del lugar. ¡Y jamás volvieron!

Pero aún hoy en día, cuando la gente del Valle de Cuapa ve a una persona encaramada en lo alto de la enorme piedra, grita:

—¡Allá está el burro de Cuapa!

LAS DOS SERPIENTES DE LA TIERRA DEL SUR

Hace muchísimo tiempo, en las Tierras del Sur, además de hombres y animales, vivían dos enormes serpientes: Iac-Iac y Cai-Cai.

Iac-Iac habitaba en las montañas más altas de la cordillera y peleaba sólo para defenderse. Cai-cai, por el contrario, dormía en el fondo del mar y por todo se enojaba.

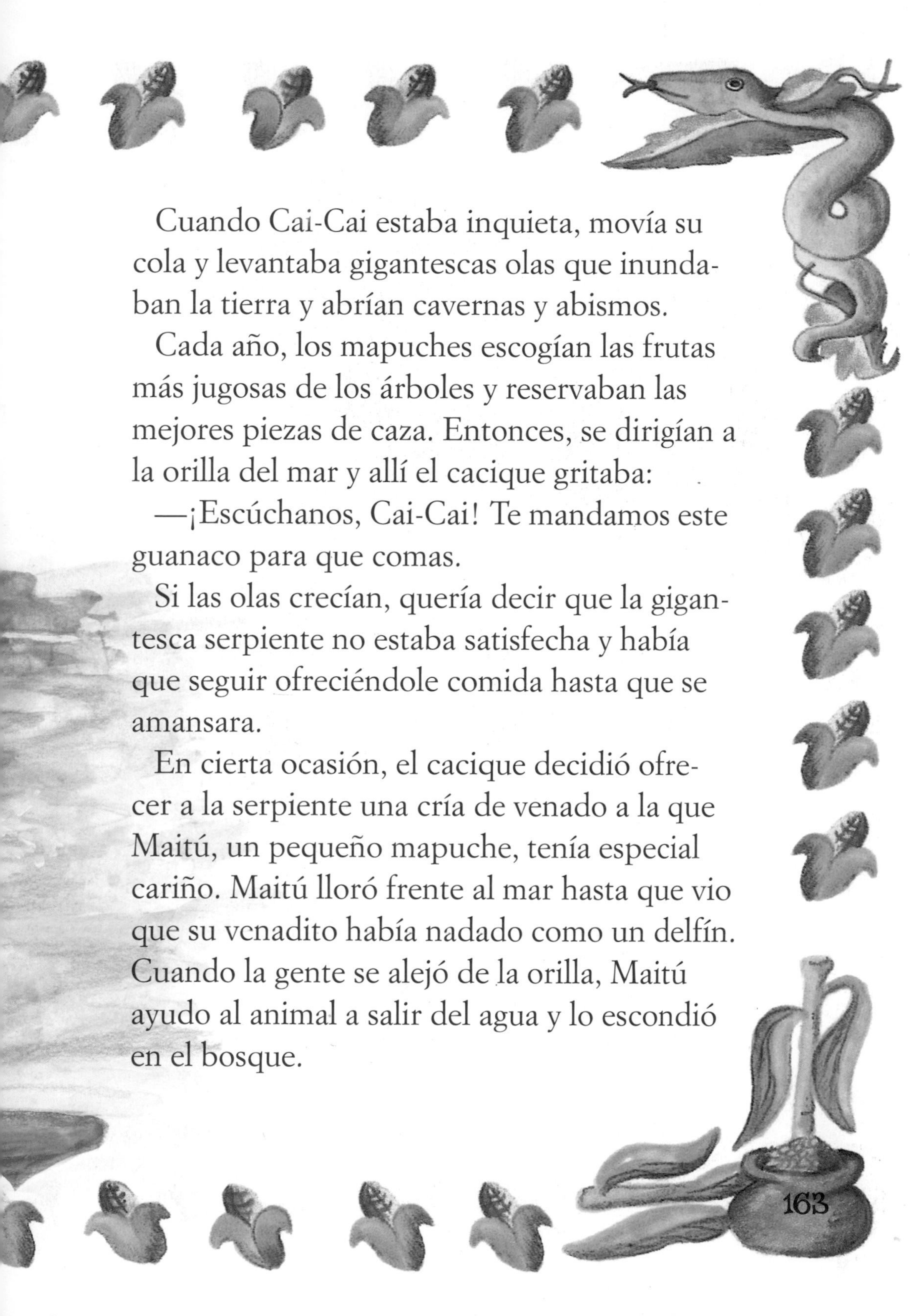

Cuando Cai-Cai estaba inquieta, movía su cola y levantaba gigantescas olas que inundaban la tierra y abrían cavernas y abismos.

Cada año, los mapuches escogían las frutas más jugosas de los árboles y reservaban las mejores piezas de caza. Entonces, se dirigían a la orilla del mar y allí el cacique gritaba:

—¡Escúchanos, Cai-Cai! Te mandamos este guanaco para que comas.

Si las olas crecían, quería decir que la gigantesca serpiente no estaba satisfecha y había que seguir ofreciéndole comida hasta que se amansara.

En cierta ocasión, el cacique decidió ofrecer a la serpiente una cría de venado a la que Maitú, un pequeño mapuche, tenía especial cariño. Maitú lloró frente al mar hasta que vio que su venadito había nadado como un delfín. Cuando la gente se alejó de la orilla, Maitú ayudo al animal a salir del agua y lo escondió en el bosque.

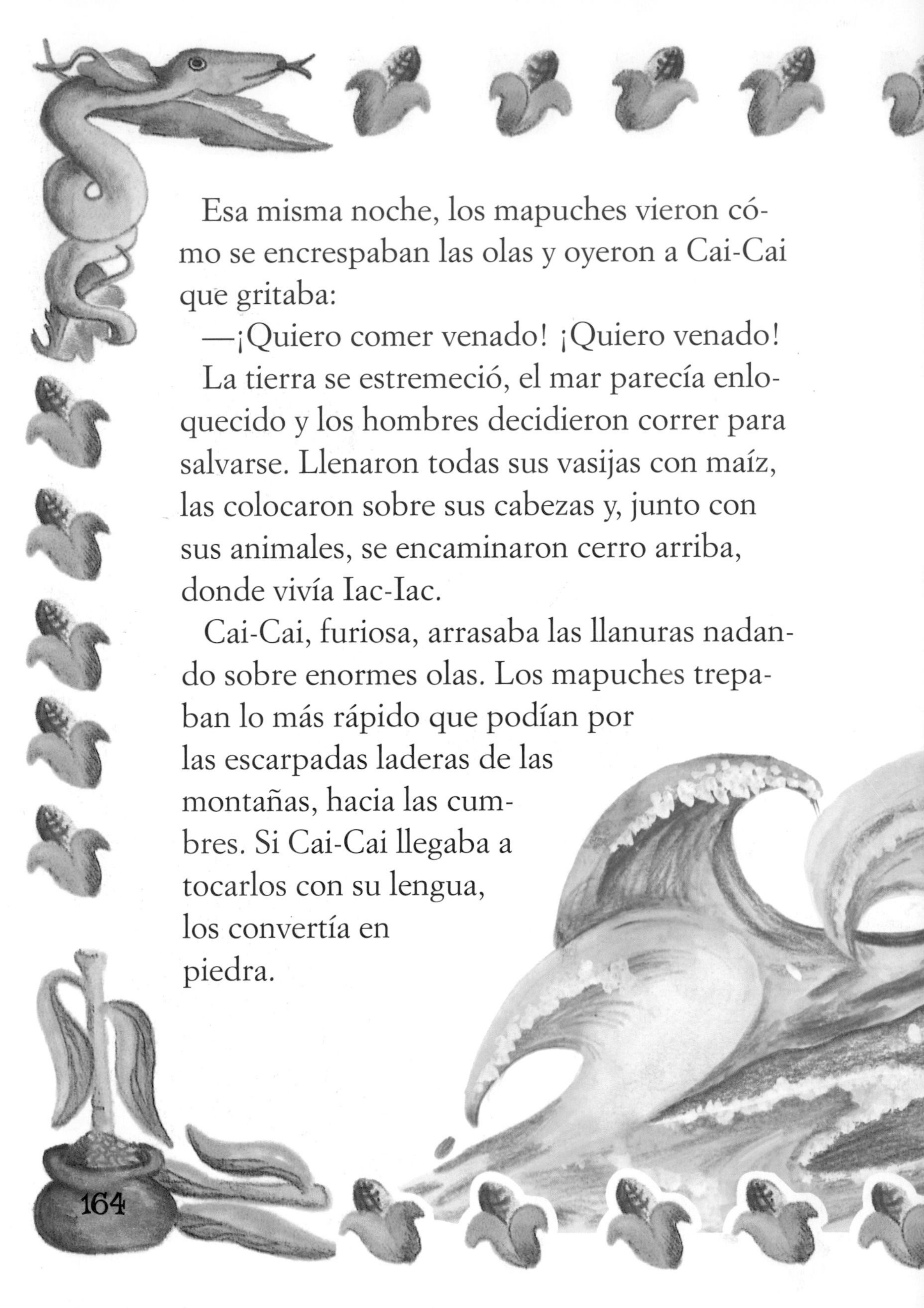

Esa misma noche, los mapuches vieron cómo se encrespaban las olas y oyeron a Cai-Cai que gritaba:

—¡Quiero comer venado! ¡Quiero venado!

La tierra se estremeció, el mar parecía enloquecido y los hombres decidieron correr para salvarse. Llenaron todas sus vasijas con maíz, las colocaron sobre sus cabezas y, junto con sus animales, se encaminaron cerro arriba, donde vivía Iac-Iac.

Cai-Cai, furiosa, arrasaba las llanuras nadando sobre enormes olas. Los mapuches trepaban lo más rápido que podían por las escarpadas laderas de las montañas, hacia las cumbres. Si Cai-Cai llegaba a tocarlos con su lengua, los convertía en piedra.

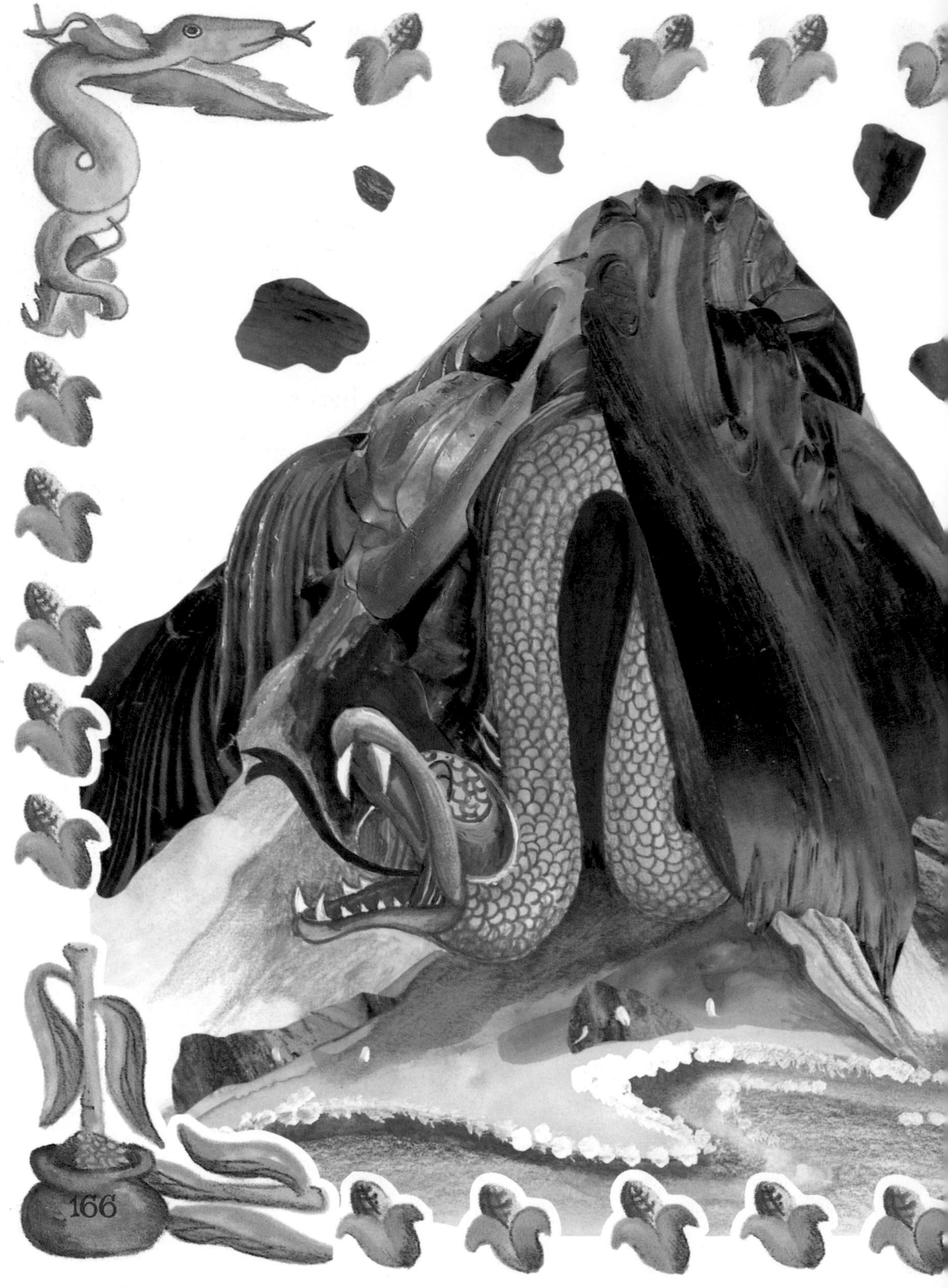

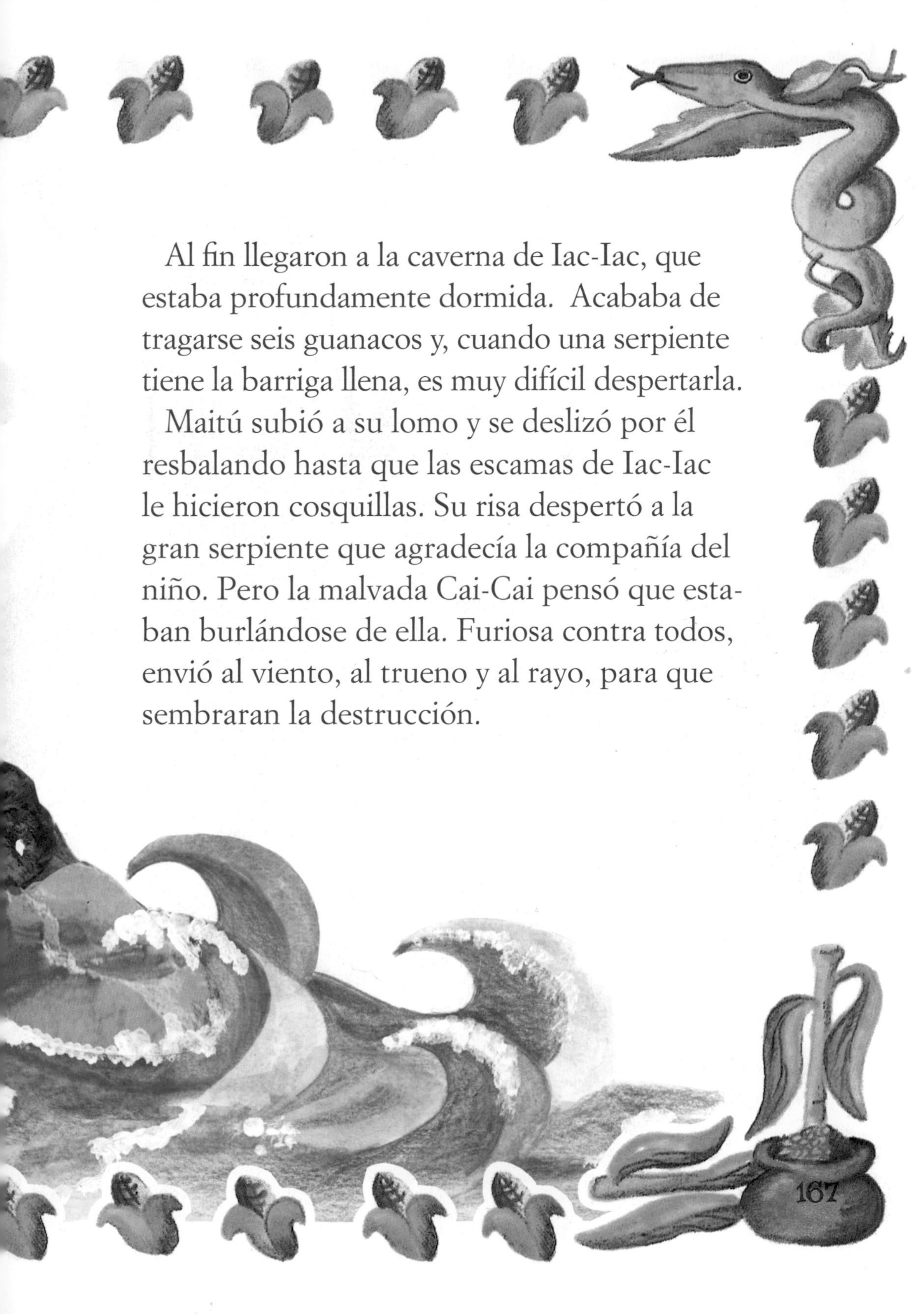

Al fin llegaron a la caverna de Iac-Iac, que estaba profundamente dormida. Acababa de tragarse seis guanacos y, cuando una serpiente tiene la barriga llena, es muy difícil despertarla.

Maitú subió a su lomo y se deslizó por él resbalando hasta que las escamas de Iac-Iac le hicieron cosquillas. Su risa despertó a la gran serpiente que agradecía la compañía del niño. Pero la malvada Cai-Cai pensó que estaban burlándose de ella. Furiosa contra todos, envió al viento, al trueno y al rayo, para que sembraran la destrucción.

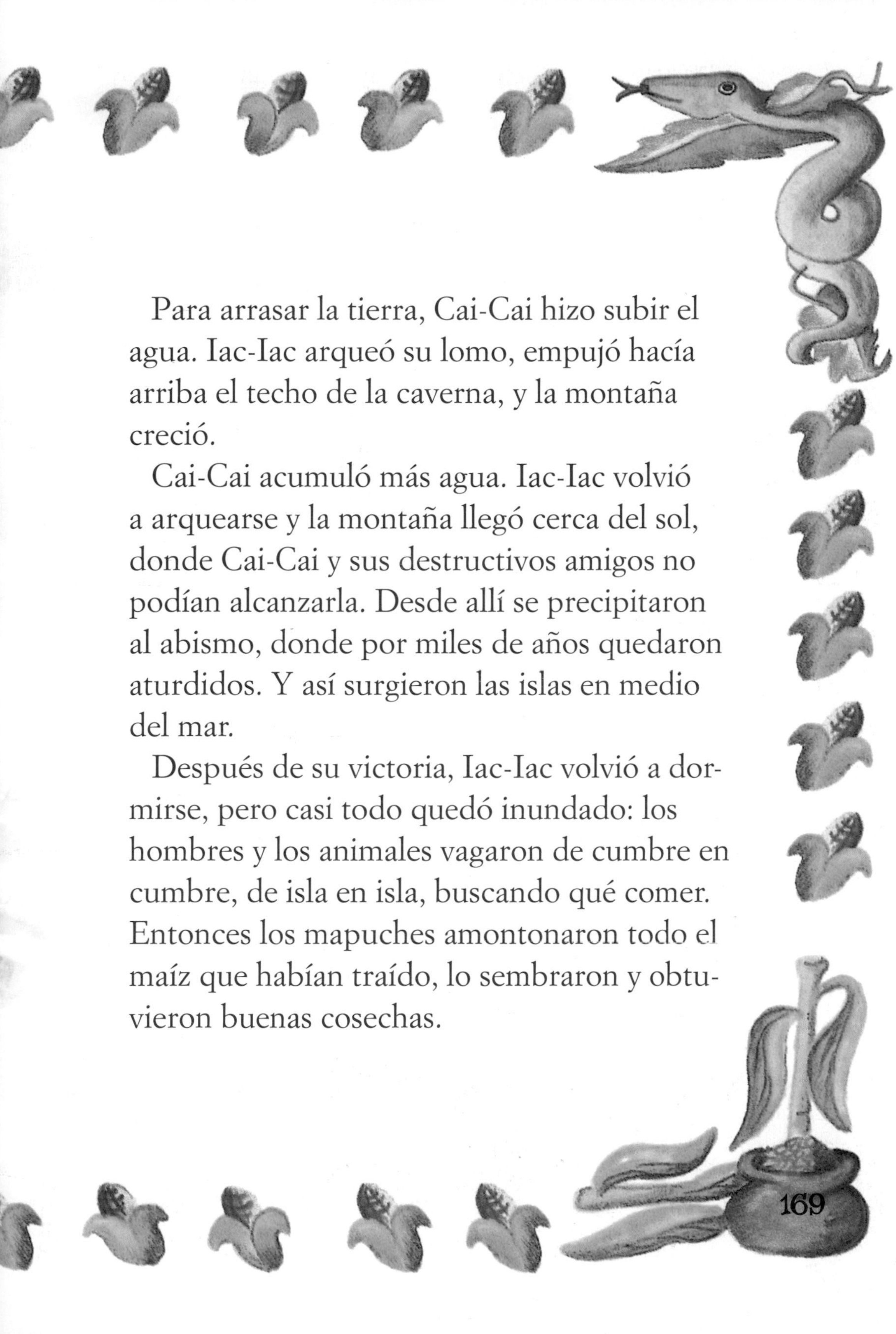

Para arrasar la tierra, Cai-Cai hizo subir el agua. Iac-Iac arqueó su lomo, empujó hacía arriba el techo de la caverna, y la montaña creció.

Cai-Cai acumuló más agua. Iac-Iac volvió a arquearse y la montaña llegó cerca del sol, donde Cai-Cai y sus destructivos amigos no podían alcanzarla. Desde allí se precipitaron al abismo, donde por miles de años quedaron aturdidos. Y así surgieron las islas en medio del mar.

Después de su victoria, Iac-Iac volvió a dormirse, pero casi todo quedó inundado: los hombres y los animales vagaron de cumbre en cumbre, de isla en isla, buscando qué comer. Entonces los mapuches amontonaron todo el maíz que habían traído, lo sembraron y obtuvieron buenas cosechas.

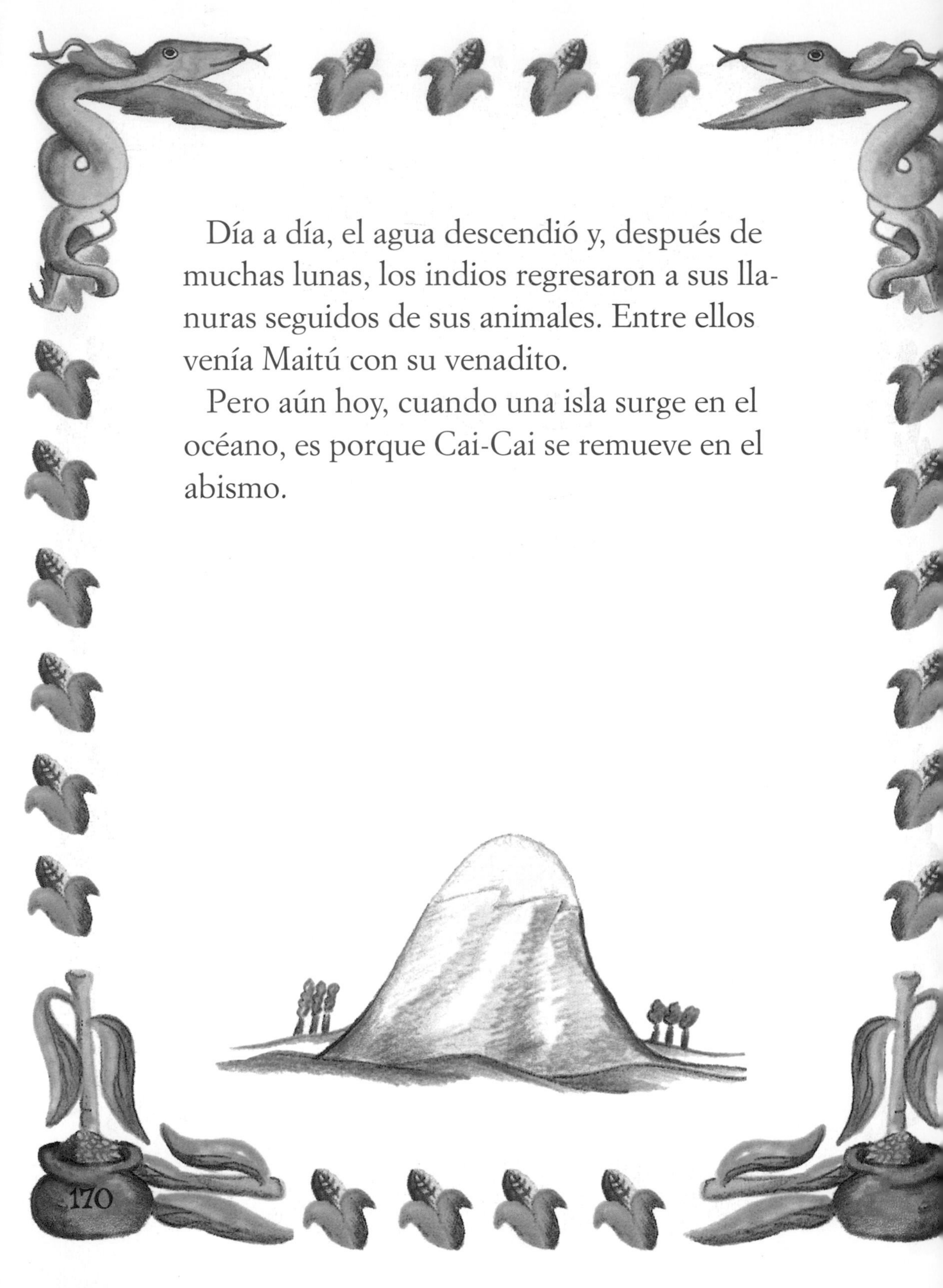

Día a día, el agua descendió y, después de muchas lunas, los indios regresaron a sus llanuras seguidos de sus animales. Entre ellos venía Maitú con su venadito.

Pero aún hoy, cuando una isla surge en el océano, es porque Cai-Cai se remueve en el abismo.

LA NOCHE DEL ARMADILLO

Los pobladores de la selva tejieron techos de paja en sus cabañas y bajo ellos colgaron sus hamacas para poder descansar. Pero algo faltaba.

—¿Para qué queremos nuestras hamacas si no podemos tumbarnos sobre ellas? Como no hay noche, no tenemos tiempo de descansar —se quejaban los hombres al regresar de las cacerías y de la pesca.

—El sol alumbra todo el día y nosotras cocinamos sin reposo —decían las mujeres—; nuestras familias no descansan y tienen hambre todo el tiempo.

Un día, la mamá de Cochipil descubrió que el ratón tenía una noche en su cueva. Se lo contó a su hijo en secreto y éste fue a ver la noche del ratón.

—Ratón, si me prestas tu noche, te traeré comida —le dijo Cochipil.

Al ratón le brillaron los ojitos negros y aceptó el pacto.

Después de comer lo que el niño le llevó, comenzó a salir de sus ojos y de sus orejas un aire negro que subió al cielo y cubrió el sol.

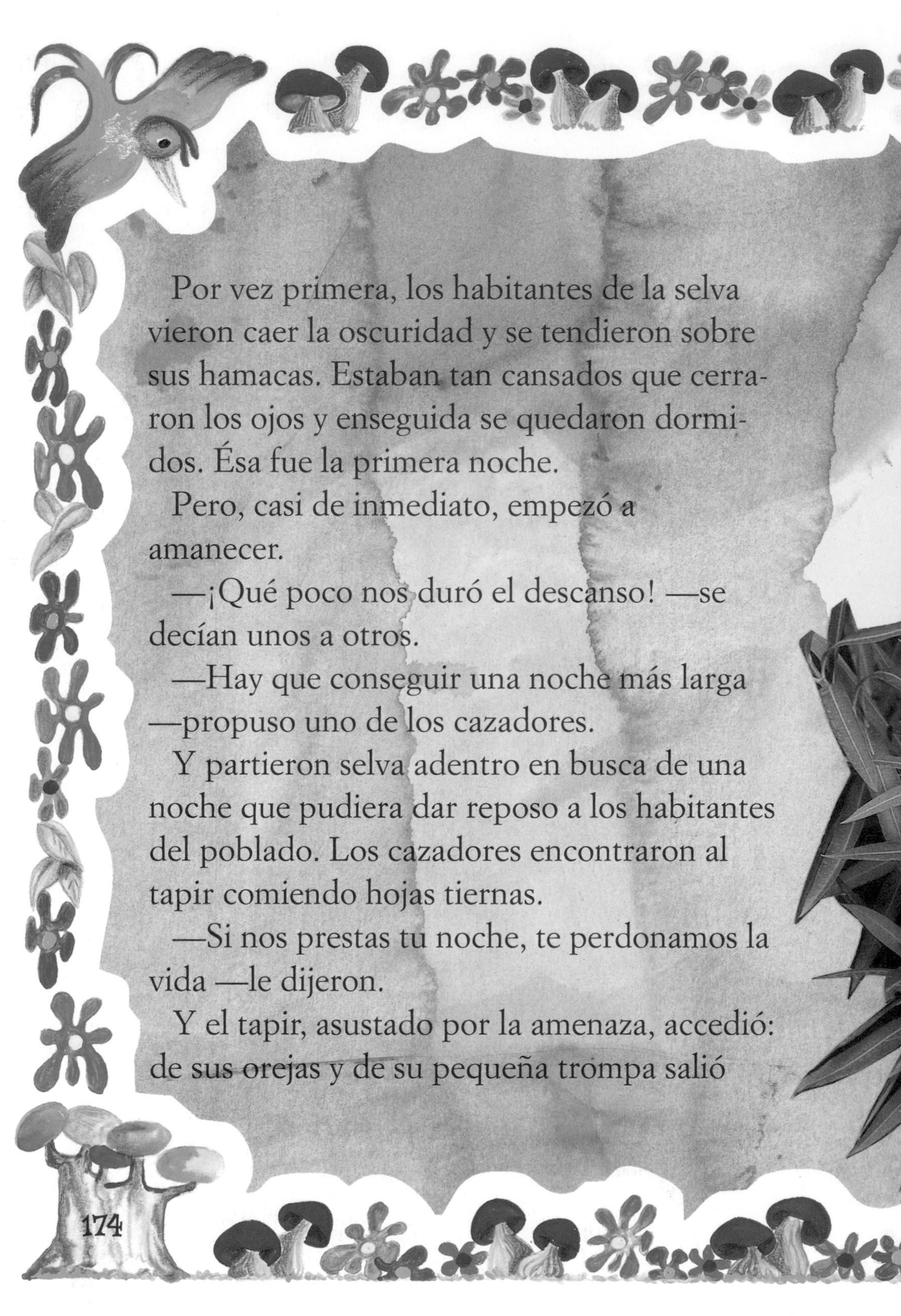

Por vez primera, los habitantes de la selva vieron caer la oscuridad y se tendieron sobre sus hamacas. Estaban tan cansados que cerraron los ojos y enseguida se quedaron dormidos. Ésa fue la primera noche.

Pero, casi de inmediato, empezó a amanecer.

—¡Qué poco nos duró el descanso! —se decían unos a otros.

—Hay que conseguir una noche más larga —propuso uno de los cazadores.

Y partieron selva adentro en busca de una noche que pudiera dar reposo a los habitantes del poblado. Los cazadores encontraron al tapir comiendo hojas tiernas.

—Si nos prestas tu noche, te perdonamos la vida —le dijeron.

Y el tapir, asustado por la amenaza, accedió: de sus orejas y de su pequeña trompa salió

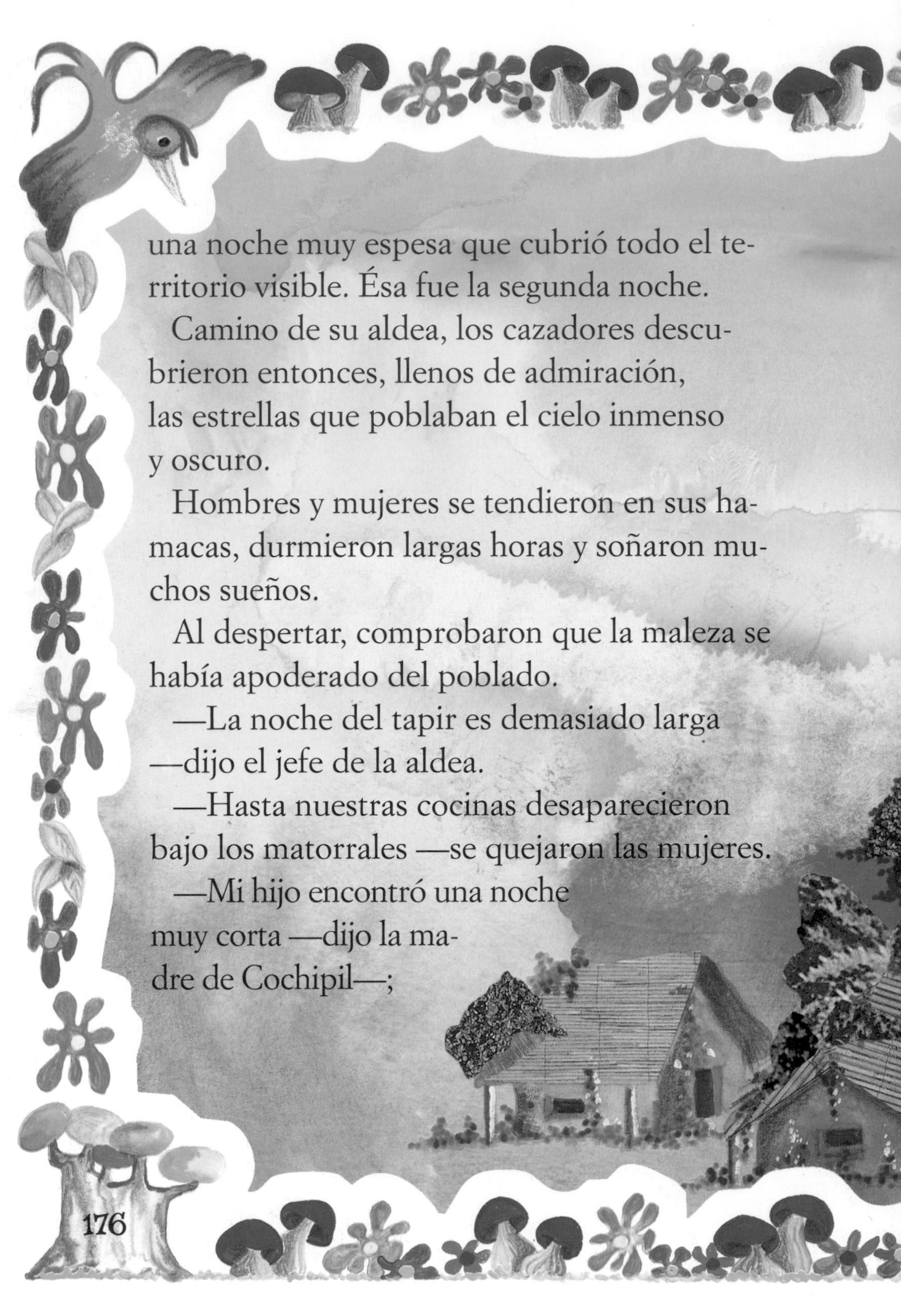

una noche muy espesa que cubrió todo el territorio visible. Ésa fue la segunda noche.

Camino de su aldea, los cazadores descubrieron entonces, llenos de admiración, las estrellas que poblaban el cielo inmenso y oscuro.

Hombres y mujeres se tendieron en sus hamacas, durmieron largas horas y soñaron muchos sueños.

Al despertar, comprobaron que la maleza se había apoderado del poblado.

—La noche del tapir es demasiado larga —dijo el jefe de la aldea.

—Hasta nuestras cocinas desaparecieron bajo los matorrales —se quejaron las mujeres.

—Mi hijo encontró una noche muy corta —dijo la madre de Cochipil—;

los cazadores, una demasiado larga. Yo buscaré la noche que nos convenga.

La madre de Cochipil salió caminando entre los montes y los valles hasta que encontró a un armadillo en su madriguera.

—¡Despierta! —le gritó.

Pero el armadillo ni se movió. Le hizo cosquillas entre los anillos de su armadura hasta que él asomó su cabecita somnolienta.

—Si me das tu noche, te daré todas las sobras de mi comida.

—Está bien, pero te presto una sola noche. Después me la devolverás.

Y el armadillo salió de su madriguera y prestó su noche.

El sol descendió poco a poco mientras la madre de Cochipil regresaba al poblado. Hombres y mujeres tuvieron tiempo de terminar sus tareas, encendieron fogatas y conversaron alegremente. Cuando brillaron las

estrellas, se acostaron en sus hamacas y la dulzura de aquella tercera noche cerró todos los ojos.

Después de un buen sueño, todos estuvieron de acuerdo en que la noche del armadillo era la mejor. Y no quisieron devolvérsela.

Por eso el armadillo duerme durante el día y corretea sin descanso en la oscuridad, buscando sin cesar la noche que jamás le fue devuelta.

LAS GOTAS DE MIEL

Hubo un tiempo en que el único animal que conocía la miel era el lobo. Se negaba a revelar la procedencia de este manjar a cualquier otro animal pues lo reservaba para él y para sus crías.

Un día, una tortuga de tierra decidió que ya era hora de acabar con un secreto tan bien guardado. Confiada en que el lobo no podría hacerle daño gracias a su caparazón, acudió a su presencia y con gran seriedad le dijo:

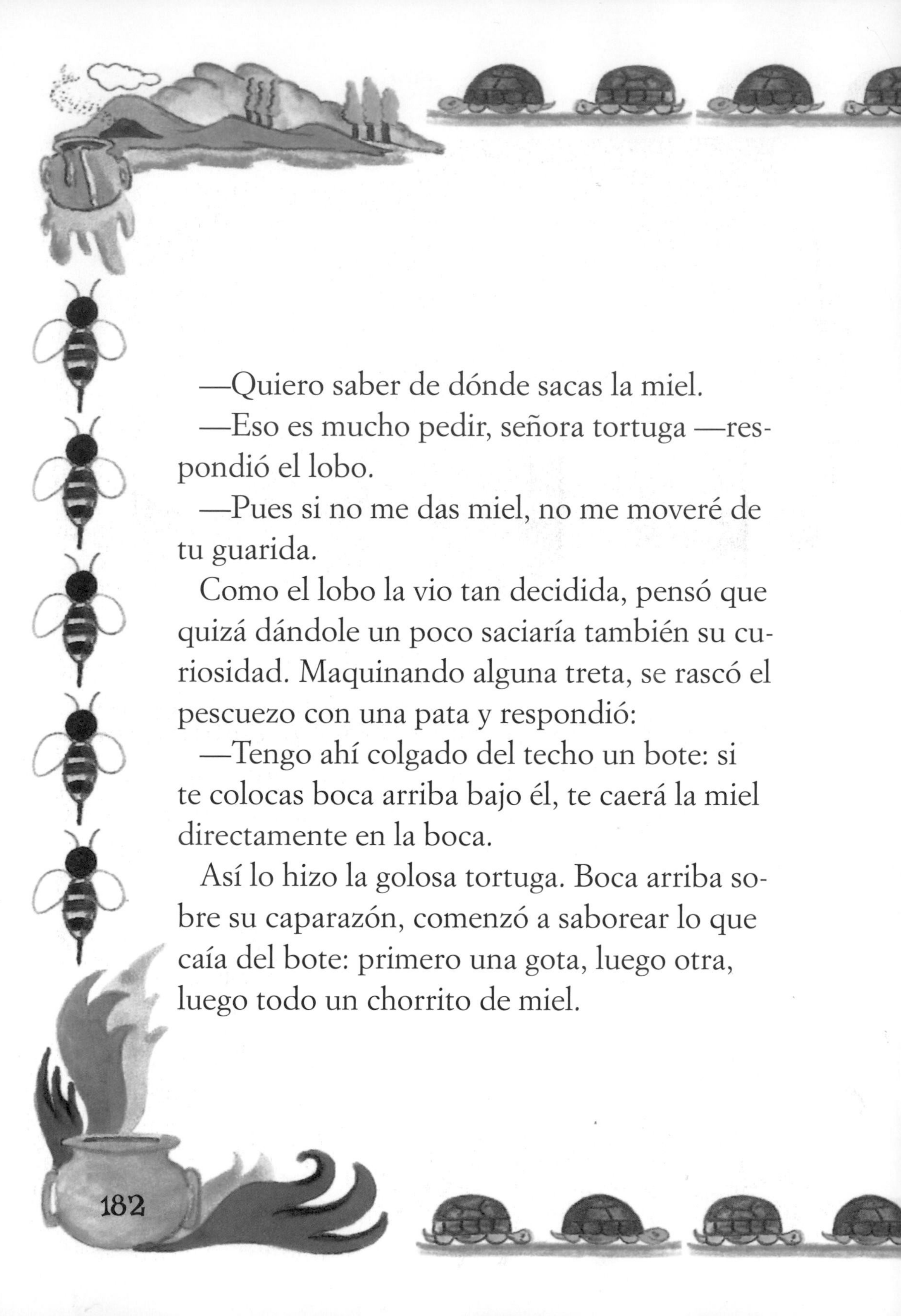

—Quiero saber de dónde sacas la miel.

—Eso es mucho pedir, señora tortuga —respondió el lobo.

—Pues si no me das miel, no me moveré de tu guarida.

Como el lobo la vio tan decidida, pensó que quizá dándole un poco saciaría también su curiosidad. Maquinando alguna treta, se rascó el pescuezo con una pata y respondió:

—Tengo ahí colgado del techo un bote: si te colocas boca arriba bajo él, te caerá la miel directamente en la boca.

Así lo hizo la golosa tortuga. Boca arriba sobre su caparazón, comenzó a saborear lo que caía del bote: primero una gota, luego otra, luego todo un chorrito de miel.

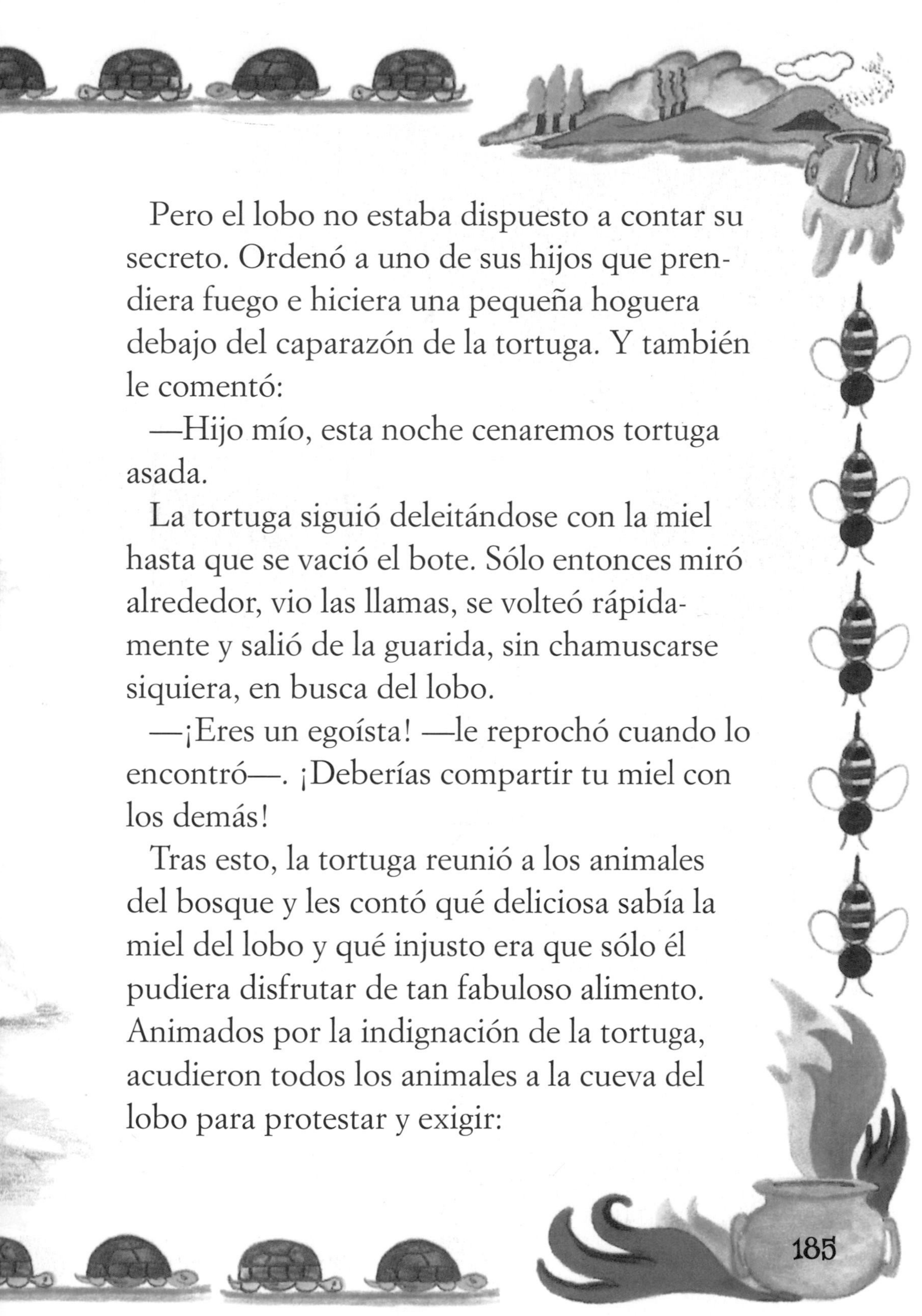

Pero el lobo no estaba dispuesto a contar su secreto. Ordenó a uno de sus hijos que prendiera fuego e hiciera una pequeña hoguera debajo del caparazón de la tortuga. Y también le comentó:

—Hijo mío, esta noche cenaremos tortuga asada.

La tortuga siguió deleitándose con la miel hasta que se vació el bote. Sólo entonces miró alrededor, vio las llamas, se volteó rápidamente y salió de la guarida, sin chamuscarse siquiera, en busca del lobo.

—¡Eres un egoísta! —le reprochó cuando lo encontró—. ¡Deberías compartir tu miel con los demás!

Tras esto, la tortuga reunió a los animales del bosque y les contó qué deliciosa sabía la miel del lobo y qué injusto era que sólo él pudiera disfrutar de tan fabuloso alimento. Animados por la indignación de la tortuga, acudieron todos los animales a la cueva del lobo para protestar y exigir:

—Si no nos das miel, ahumaremos tu cueva —le gritaron.

Y como el lobo no respondió, hicieron una gran fogata y llenaron de humo la cueva.

—¡La miel tiene poderes mágicos! —gritó la tortuga cuando vio que, en lugar del lobo, salió volando una perdiz.

Los animales corrieron detrás de la perdiz; un osito casi la atrapó, pero la perdiz se convirtió en abeja y escapó de sus garras. Persiguieron entonces a la abeja hasta que ésta desapareció en el hueco de un árbol.

—¡Aquí dentro crece la miel! —exclamó la tortuga tras meter su cabecita en el tronco medio seco.

De repente, retrocedió asustada: un ejército de abejas estaba saliendo del tronco dispuestas a atacar a los intrusos que habían descu-

bierto el secreto. A quienes intentaron luchar contra ellas, las abejas los picaron sin piedad con sus tremendos aguijones. Sólo un colibrí pudo esquivarlas: consiguió meterse en el tronco hueco y embadurnar con un poquito de miel su largo pico.

Batiendo a gran velocidad sus alitas, sobrevoló por encima de los animales y dejó caer en sus bocas unas gotitas del preciado manjar. Algunos las saborearon, pero otros las llevaron a sus casas y plantaron cada gota como si fuera una semilla.

Y de cada una de aquellas gotas regaladas por el colibrí brotó una nueva planta:

—Éste es el árbol de la miel —dijo la tortuga.

Desde entonces, en los bosques de Canadá hay árboles de miel para todos. Se les conoce con el nombre de maples.

LAS MANCHAS DE LA LUNA

Ceramí vivía sola en su bohío, cerca de la playa. Era una muchacha muy hermosa y sonriente, y por ello era admirada en el poblado.

Todas las tardes recibía, puntual, la visita de un colibrí. El pajarillo daba tres vueltas volando alegremente alrededor de Ceramí y se iba. Éste era el único entretenimiento de la joven. Cada noche, al acordarse de las gracias de su amigo, una sonrisa se pintaba en su cara.

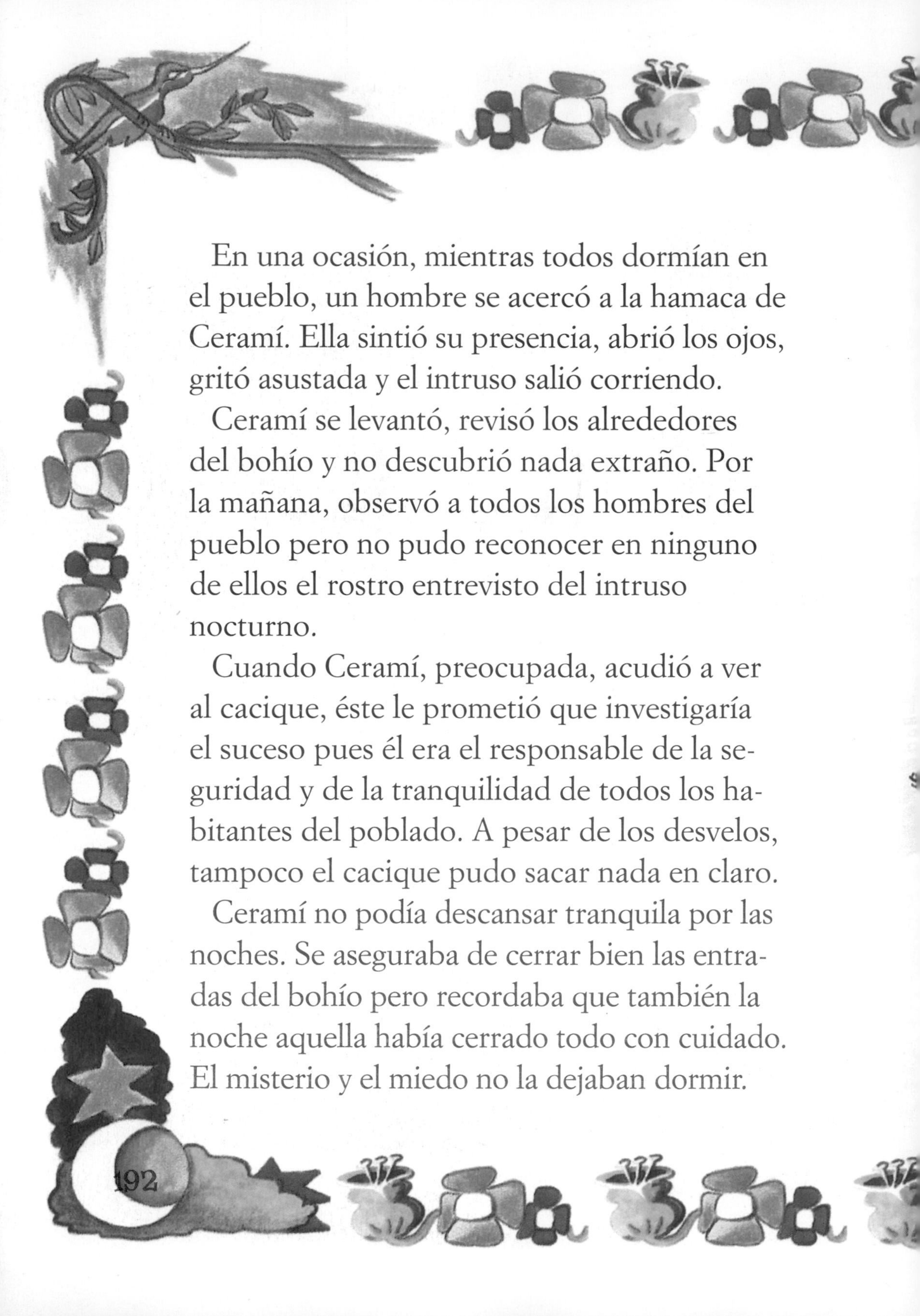

En una ocasión, mientras todos dormían en el pueblo, un hombre se acercó a la hamaca de Cerami. Ella sintió su presencia, abrió los ojos, gritó asustada y el intruso salió corriendo.

Cerami se levantó, revisó los alrededores del bohío y no descubrió nada extraño. Por la mañana, observó a todos los hombres del pueblo pero no pudo reconocer en ninguno de ellos el rostro entrevisto del intruso nocturno.

Cuando Cerami, preocupada, acudió a ver al cacique, éste le prometió que investigaría el suceso pues él era el responsable de la seguridad y de la tranquilidad de todos los habitantes del poblado. A pesar de los desvelos, tampoco el cacique pudo sacar nada en claro.

Cerami no podía descansar tranquila por las noches. Se aseguraba de cerrar bien las entradas del bohío pero recordaba que también la noche aquella había cerrado todo con cuidado. El misterio y el miedo no la dejaban dormir.

Otra noche más permaneció la muchacha despierta horas y horas hasta que sus ojos se rindieron de cansancio. Al poco tiempo, llegó el visitante silencioso y la estuvo observando dormida durante mucho tiempo.

Ya casi estaba clareando cuando Cerami despertó sobresaltada y se sentó repentinamente en la hamaca. El hombre salió corriendo.

Durante todo el día siguiente Cerami estuvo cavilando qué hacer para descubrir al culpable.

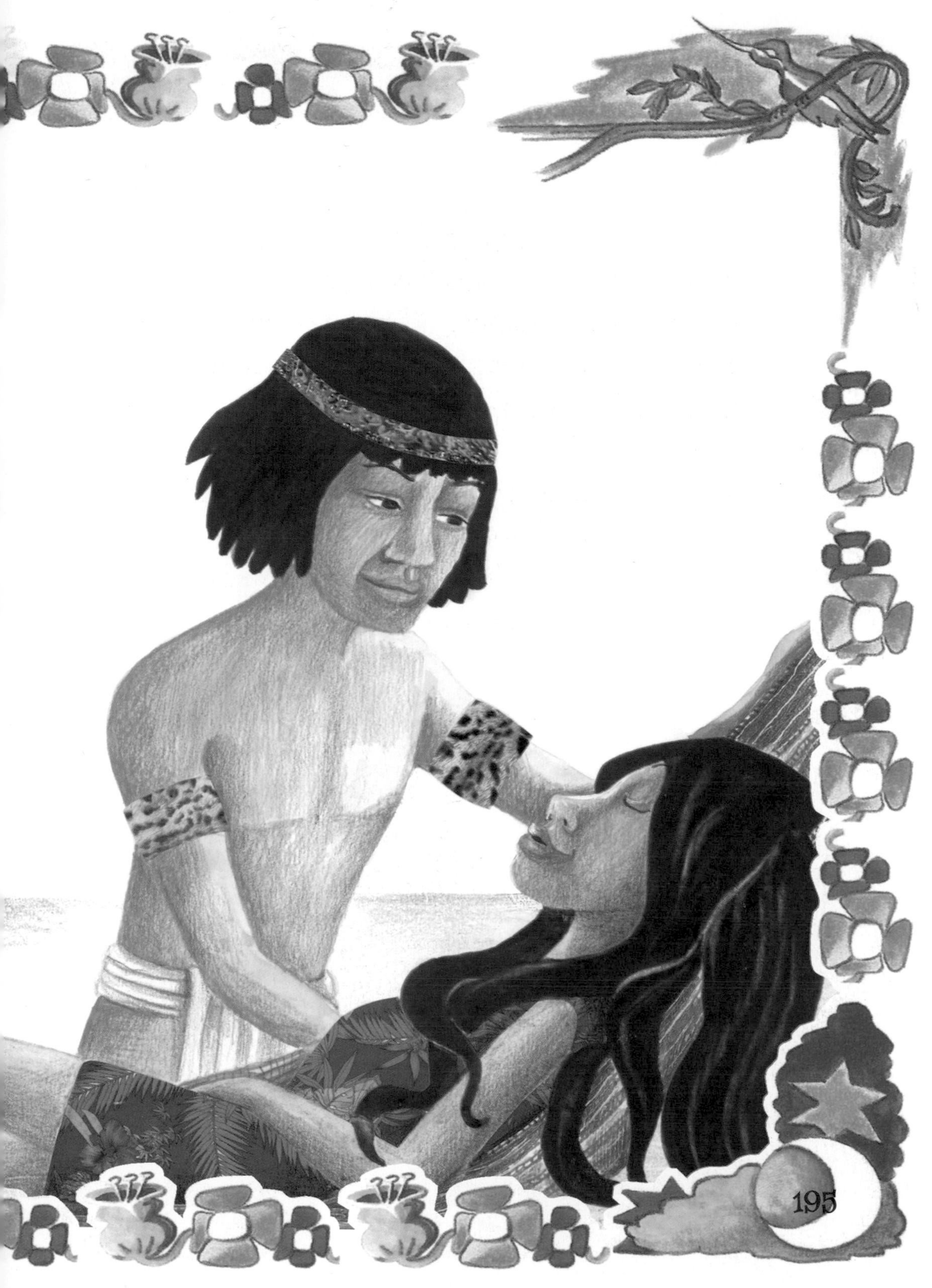

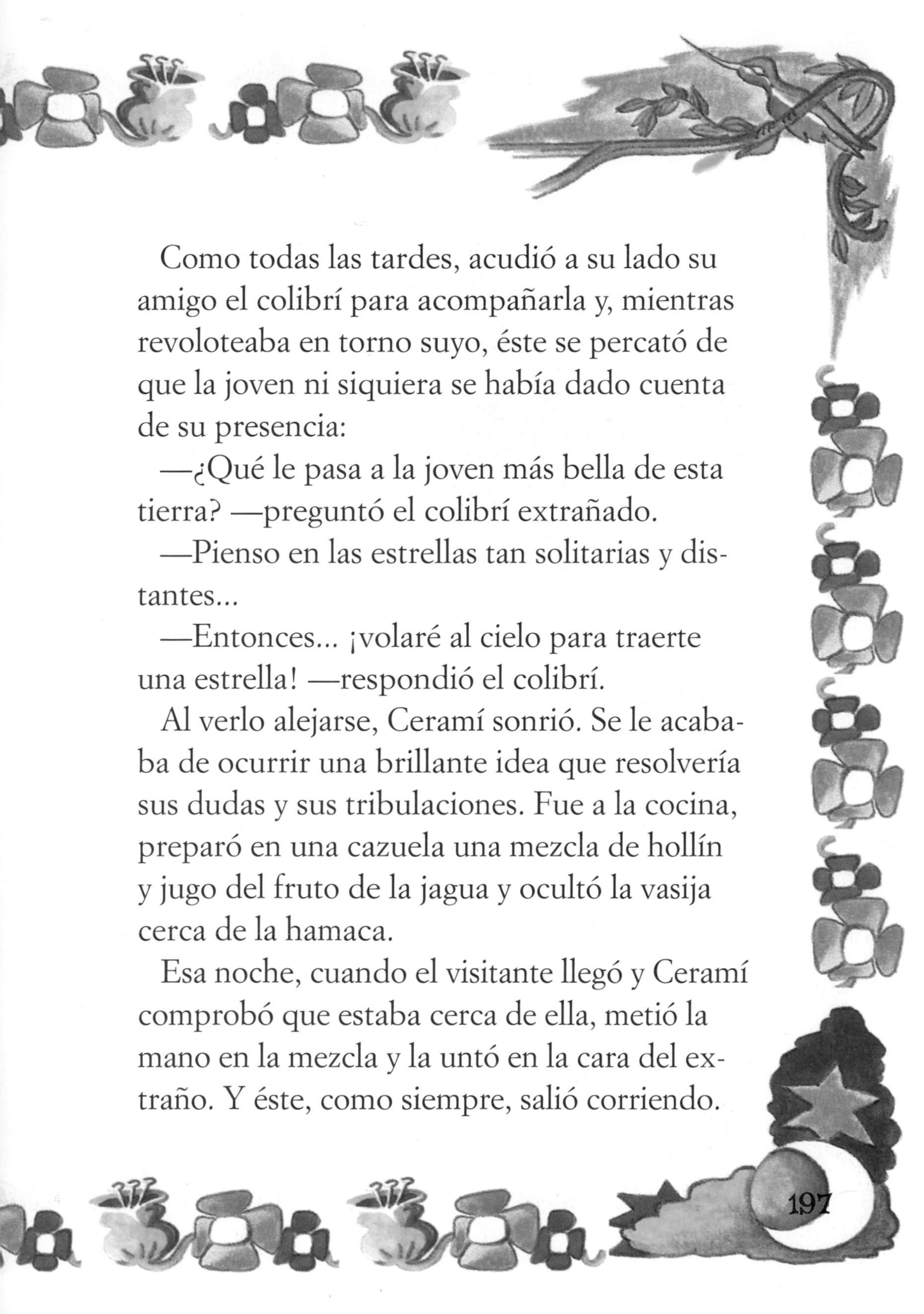

Como todas las tardes, acudió a su lado su amigo el colibrí para acompañarla y, mientras revoloteaba en torno suyo, éste se percató de que la joven ni siquiera se había dado cuenta de su presencia:

—¿Qué le pasa a la joven más bella de esta tierra? —preguntó el colibrí extrañado.

—Pienso en las estrellas tan solitarias y distantes...

—Entonces... ¡volaré al cielo para traerte una estrella! —respondió el colibrí.

Al verlo alejarse, Ceramí sonrió. Se le acababa de ocurrir una brillante idea que resolvería sus dudas y sus tribulaciones. Fue a la cocina, preparó en una cazuela una mezcla de hollín y jugo del fruto de la jagua y ocultó la vasija cerca de la hamaca.

Esa noche, cuando el visitante llegó y Ceramí comprobó que estaba cerca de ella, metió la mano en la mezcla y la untó en la cara del extraño. Y éste, como siempre, salió corriendo.

Lo primero que hizo Cerami a la mañana siguiente fue revisar atentamente la cara de todos los hombres del pueblo: ¡qué extraño!, ninguno tenía huellas de la pringosa mezcla en el rostro. Decepcionada y triste, regresó al bohío. El colibrí, para consolarla, le trajo ese día una hermosísima flor blanca en el pico. La muchacha también miró con atención la cabecita del colibrí, pero tampoco allí encontró rastro de hollín.

Cuando el colibrí se despidió de ella, el cielo, en el oriente, ardía en luminosos resplandores. Era la luna llena, que estaba a punto de salir.

Ceramí se acostó en su hamaca, cerró los ojos y trató de dormir. De pronto, escuchó un grito:

—¡Algo le pasó a la luna!

Al primer grito le siguió otro. Y otro. Todo el pueblo había salido a contemplar lo sucedido y todos exclamaban:

—¡Algo le pasó a la luna!

Era cierto: la cara de la luna, antes completamente blanca, aparecía tiznada. Ceramí comprendió quién la visitaba de noche.

Desde entonces, la luna, a pesar de su brillo y su belleza, tiene la cara con manchas, como si se la hubieran untado de tizne.

ATARIBA Y NIGUAYONA

La pequeña Atariba estaba enferma. Los cuidados de su madre y los remedios de los ancianos no parecían hacer efecto.

Niguayona, su mejor amigo, la miraba con tristeza mientras ella dormía en su cabaña. Recordaba cuando paseaban despreocupados por la orilla del río. Apenas unos días antes,

Niguayona le había regalado un hermoso collar hecho de conchas y piedrecillas verdes.

Pasaba el tiempo y Atariba no mejoraba. Niguayona paseaba solo por el río haciendo sonar su caracol.

—¿Qué haré para curar a mi amiga? —se preguntó en voz alta.

Un papagayo verde y rojo que oyó su lamento se posó sobre su hombro y le dijo:

—Me ha conmovido tu tristeza. Como tienes un corazón puro, te diré un secreto de la selva que puede serte útil. En la parte más

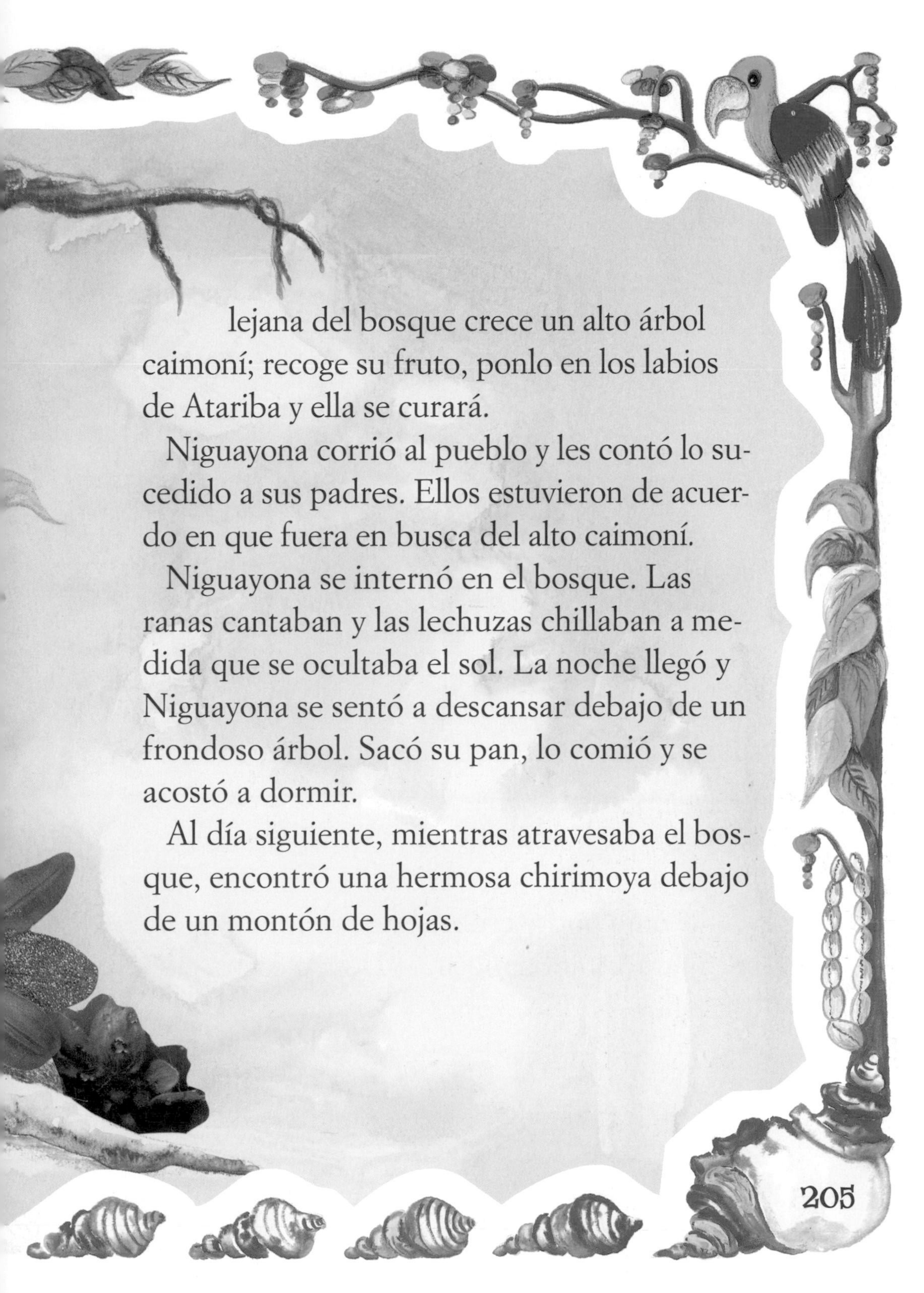

lejana del bosque crece un alto árbol caimoní; recoge su fruto, ponlo en los labios de Atariba y ella se curará.

Niguayona corrió al pueblo y les contó lo sucedido a sus padres. Ellos estuvieron de acuerdo en que fuera en busca del alto caimoní.

Niguayona se internó en el bosque. Las ranas cantaban y las lechuzas chillaban a medida que se ocultaba el sol. La noche llegó y Niguayona se sentó a descansar debajo de un frondoso árbol. Sacó su pan, lo comió y se acostó a dormir.

Al día siguiente, mientras atravesaba el bosque, encontró una hermosa chirimoya debajo de un montón de hojas.

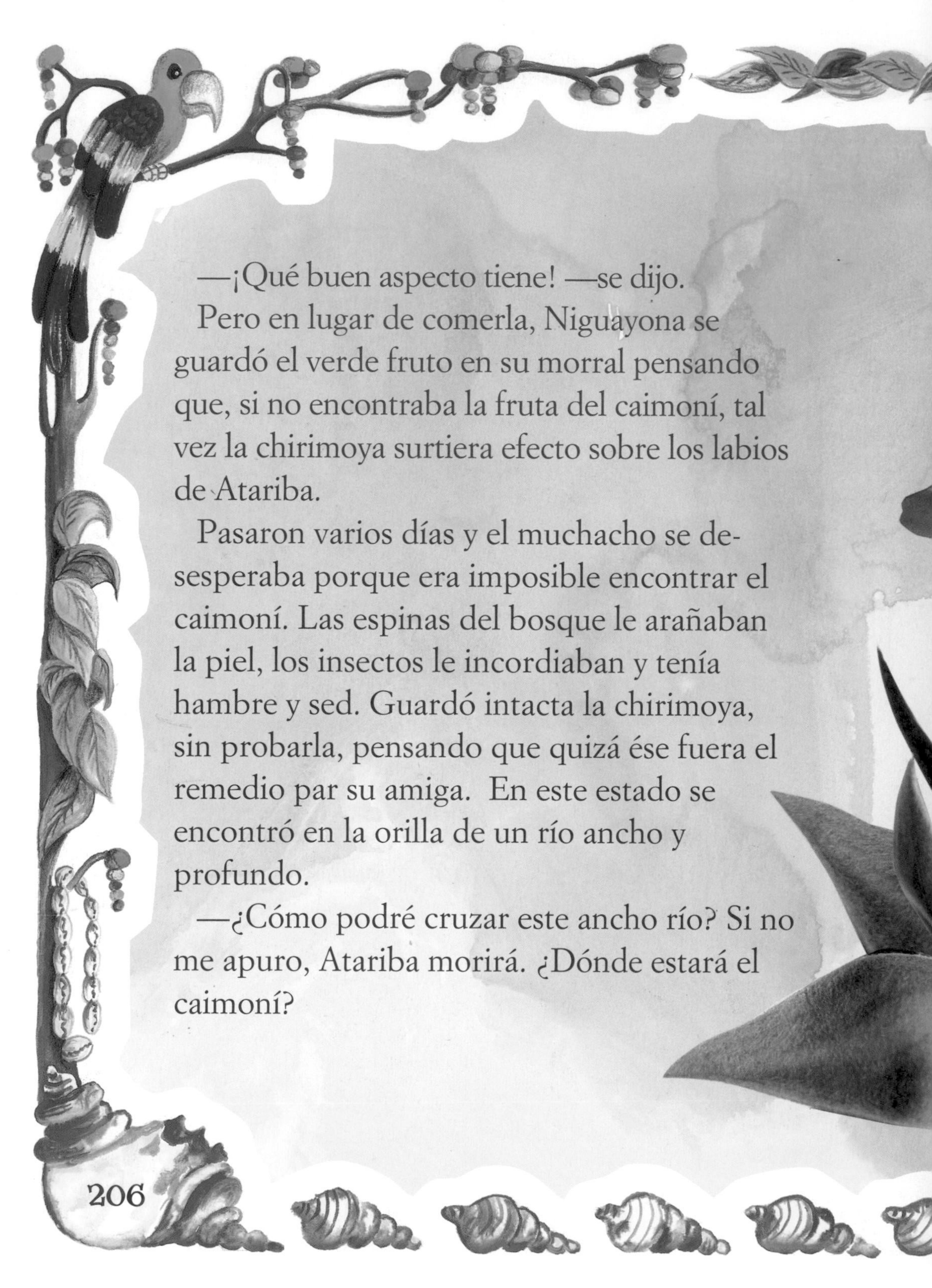

—¡Qué buen aspecto tiene! —se dijo.

Pero en lugar de comerla, Niguayona se guardó el verde fruto en su morral pensando que, si no encontraba la fruta del caimoní, tal vez la chirimoya surtiera efecto sobre los labios de Atariba.

Pasaron varios días y el muchacho se desesperaba porque era imposible encontrar el caimoní. Las espinas del bosque le arañaban la piel, los insectos le incordiaban y tenía hambre y sed. Guardó intacta la chirimoya, sin probarla, pensando que quizá ése fuera el remedio par su amiga. En este estado se encontró en la orilla de un río ancho y profundo.

—¿Cómo podré cruzar este ancho río? Si no me apuro, Atariba morirá. ¿Dónde estará el caimoní?

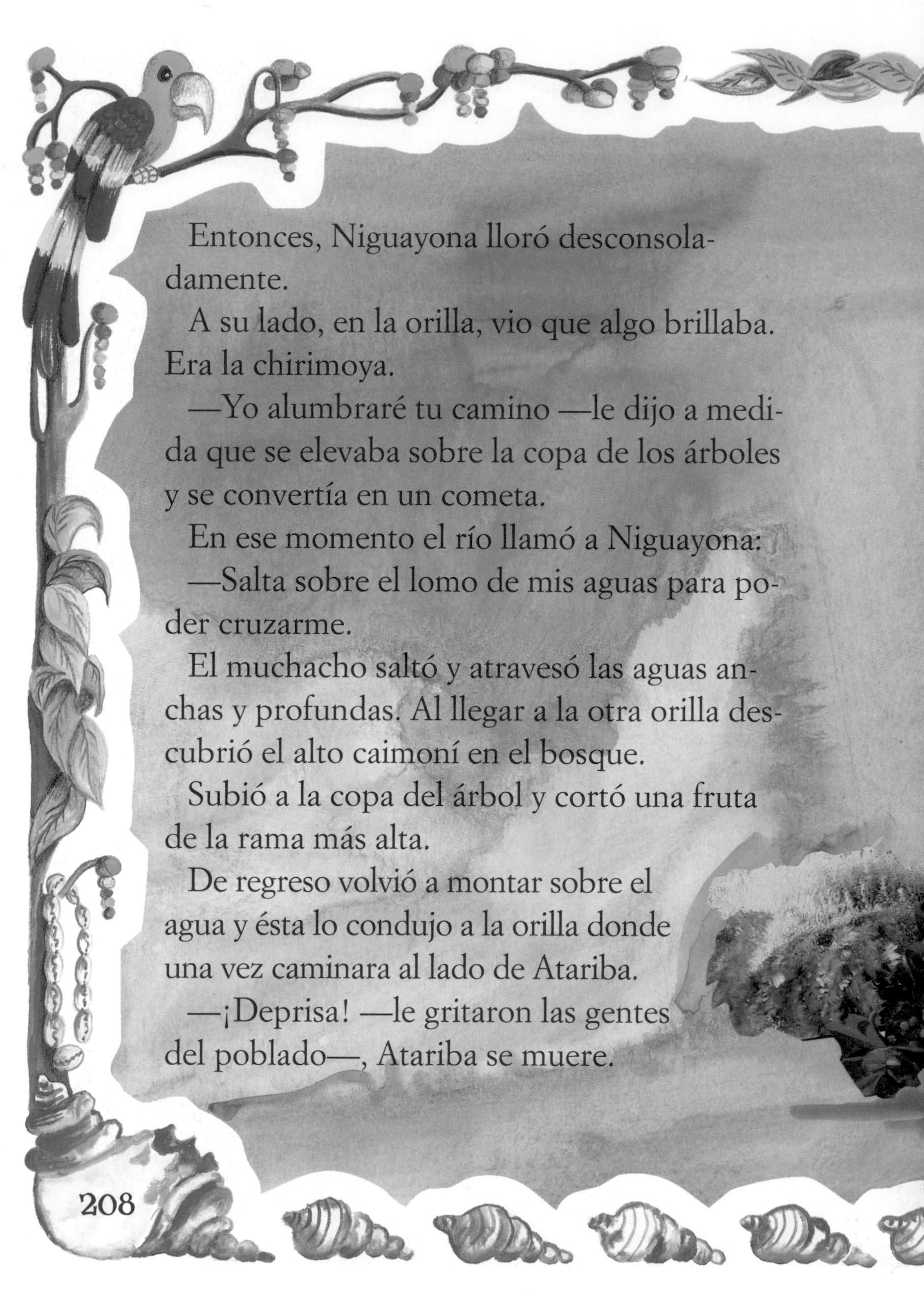

Entonces, Niguayona lloró desconsoladamente.

A su lado, en la orilla, vio que algo brillaba. Era la chirimoya.

—Yo alumbraré tu camino —le dijo a medida que se elevaba sobre la copa de los árboles y se convertía en un cometa.

En ese momento el río llamó a Niguayona:

—Salta sobre el lomo de mis aguas para poder cruzarme.

El muchacho saltó y atravesó las aguas anchas y profundas. Al llegar a la otra orilla descubrió el alto caimoní en el bosque.

Subió a la copa del árbol y cortó una fruta de la rama más alta.

De regreso volvió a montar sobre el agua y ésta lo condujo a la orilla donde una vez caminara al lado de Atariba.

—¡Deprisa! —le gritaron las gentes del poblado—, Atariba se muere.

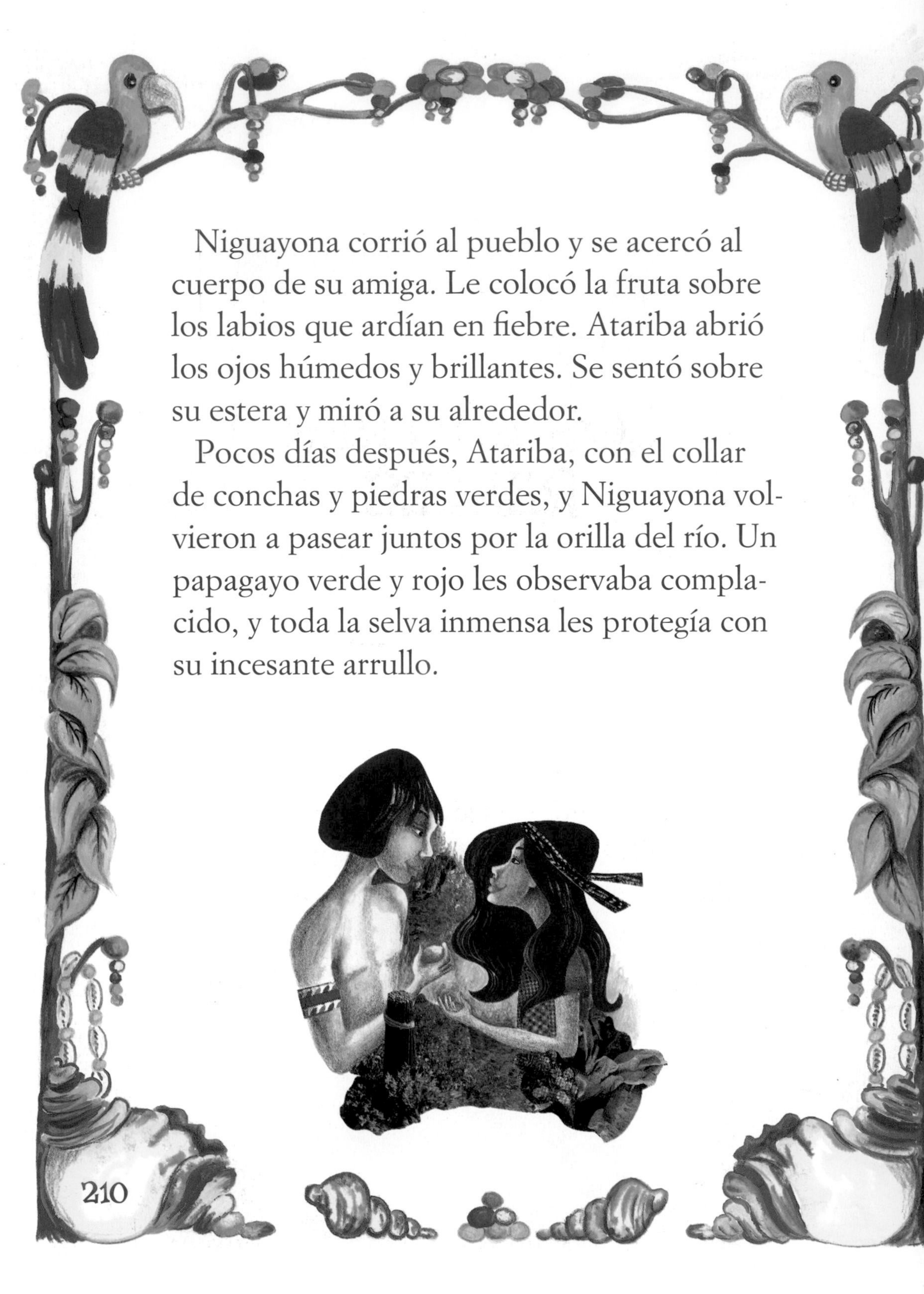

Niguayona corrió al pueblo y se acercó al cuerpo de su amiga. Le colocó la fruta sobre los labios que ardían en fiebre. Atariba abrió los ojos húmedos y brillantes. Se sentó sobre su estera y miró a su alrededor.

Pocos días después, Atariba, con el collar de conchas y piedras verdes, y Niguayona volvieron a pasear juntos por la orilla del río. Un papagayo verde y rojo les observaba complacido, y toda la selva inmensa les protegía con su incesante arrullo.

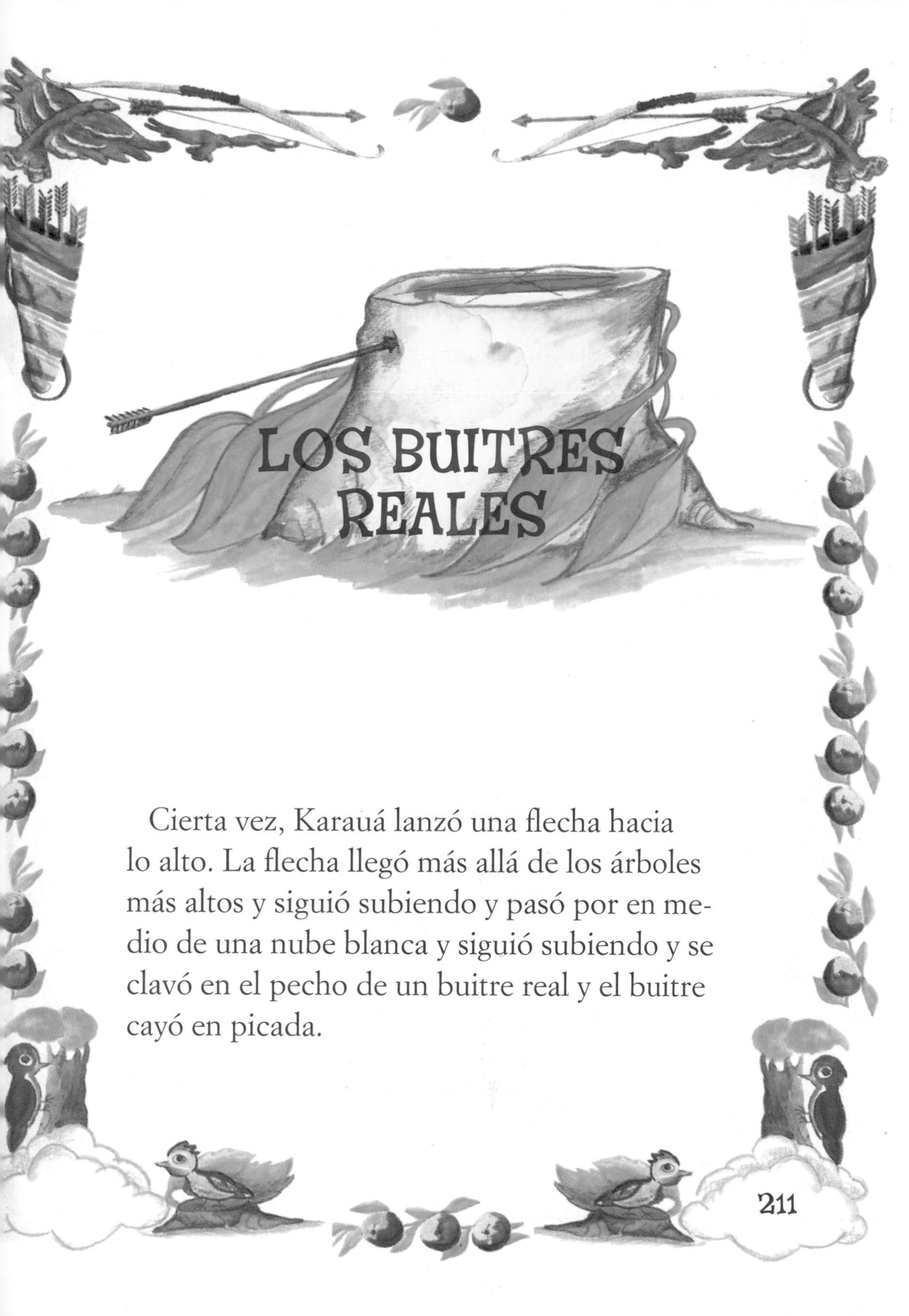

LOS BUITRES REALES

Cierta vez, Karauá lanzó una flecha hacia lo alto. La flecha llegó más allá de los árboles más altos y siguió subiendo y pasó por en medio de una nube blanca y siguió subiendo y se clavó en el pecho de un buitre real y el buitre cayó en picada.

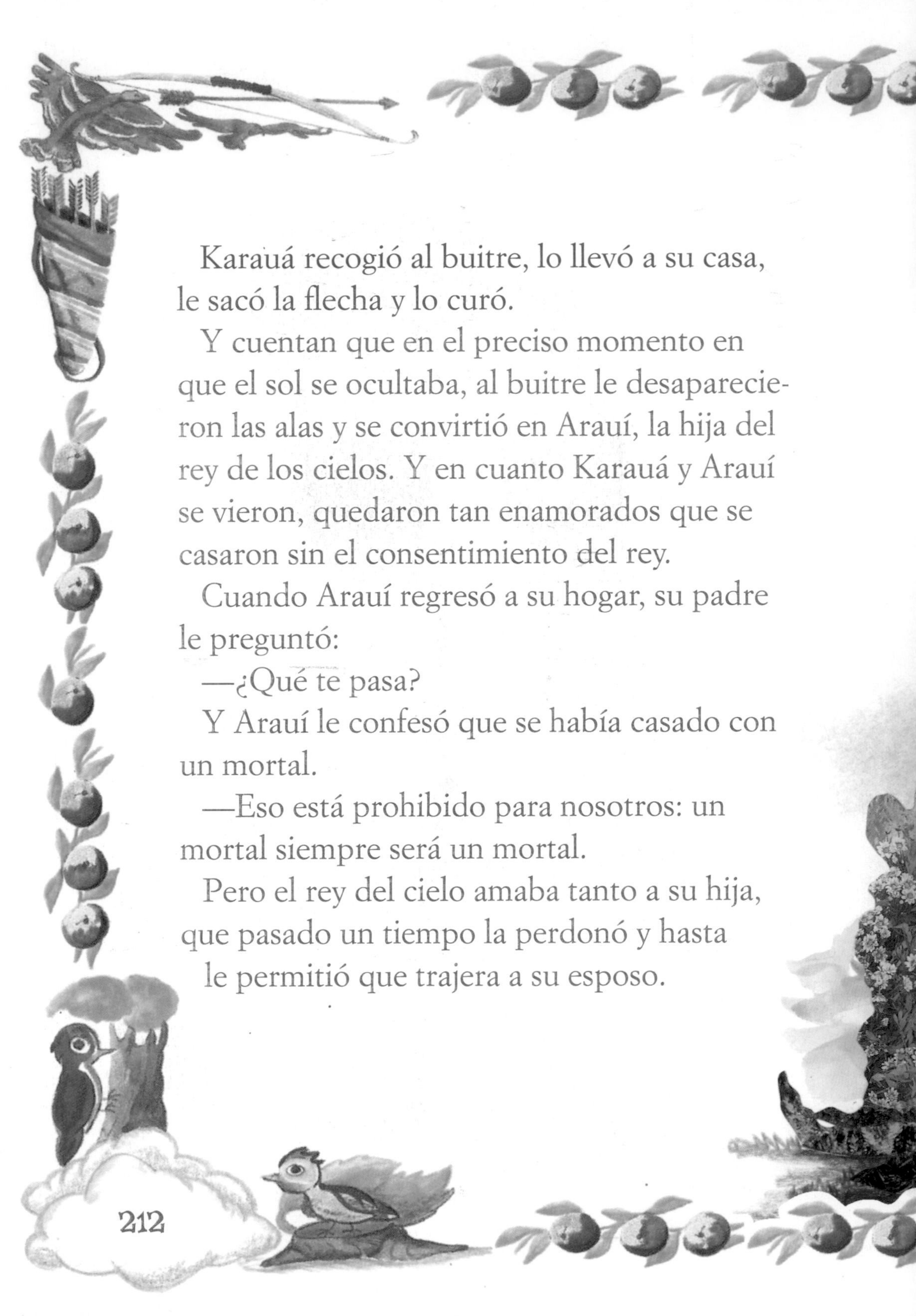

Karauá recogió al buitre, lo llevó a su casa, le sacó la flecha y lo curó.

Y cuentan que en el preciso momento en que el sol se ocultaba, al buitre le desaparecieron las alas y se convirtió en Arauí, la hija del rey de los cielos. Y en cuanto Karauá y Arauí se vieron, quedaron tan enamorados que se casaron sin el consentimiento del rey.

Cuando Arauí regresó a su hogar, su padre le preguntó:

—¿Qué te pasa?

Y Arauí le confesó que se había casado con un mortal.

—Eso está prohibido para nosotros: un mortal siempre será un mortal.

Pero el rey del cielo amaba tanto a su hija, que pasado un tiempo la perdonó y hasta le permitió que trajera a su esposo.

Como Karauá no podía volar, enviaron un enorme buitre negro para que lo transportara, y en cuanto llegó, el propio padre de Arauí le dio la bienvenida, pero todos los jóvenes buitres reales estaban muy molestos. ¿Cómo un simple mortal, que ni siquiera sabía volar, se había atrevido a tomar por esposa a Arauí?

Y en el cielo, Arauí y Karauá vivieron felices mucho tiempo, pero un día Karauá sintió nostalgia por la tierra y pidió permiso para bajar.

El padre de Arauí ordenó que una bandada de buitres jóvenes lo llevara, y éstos, en venganza por haberse casado con Arauí, lo dejaron en la punta de un altísimo árbol totalmente cubierto de espinas, y regresaron y dijeron a Arauí y al rey que en cuanto Karauá tocó la tierra, maldijo el tiempo que había permanecido en el cielo y afirmó que por nada del mundo dejaría otra vez la tierra.

Arauí sufrió mucho al escuchar esas palabras y durante largo tiempo no permitió que nadie la viera. No paraba de llorar.

Karauá, en el árbol espinoso, no podía ni moverse porque en cuánto lo hacía, se espinaba. Entonces pidió ayuda a los pájaros, quienes acudieron de inmediato y con mucho esfuerzo lo dejaron en tierra.

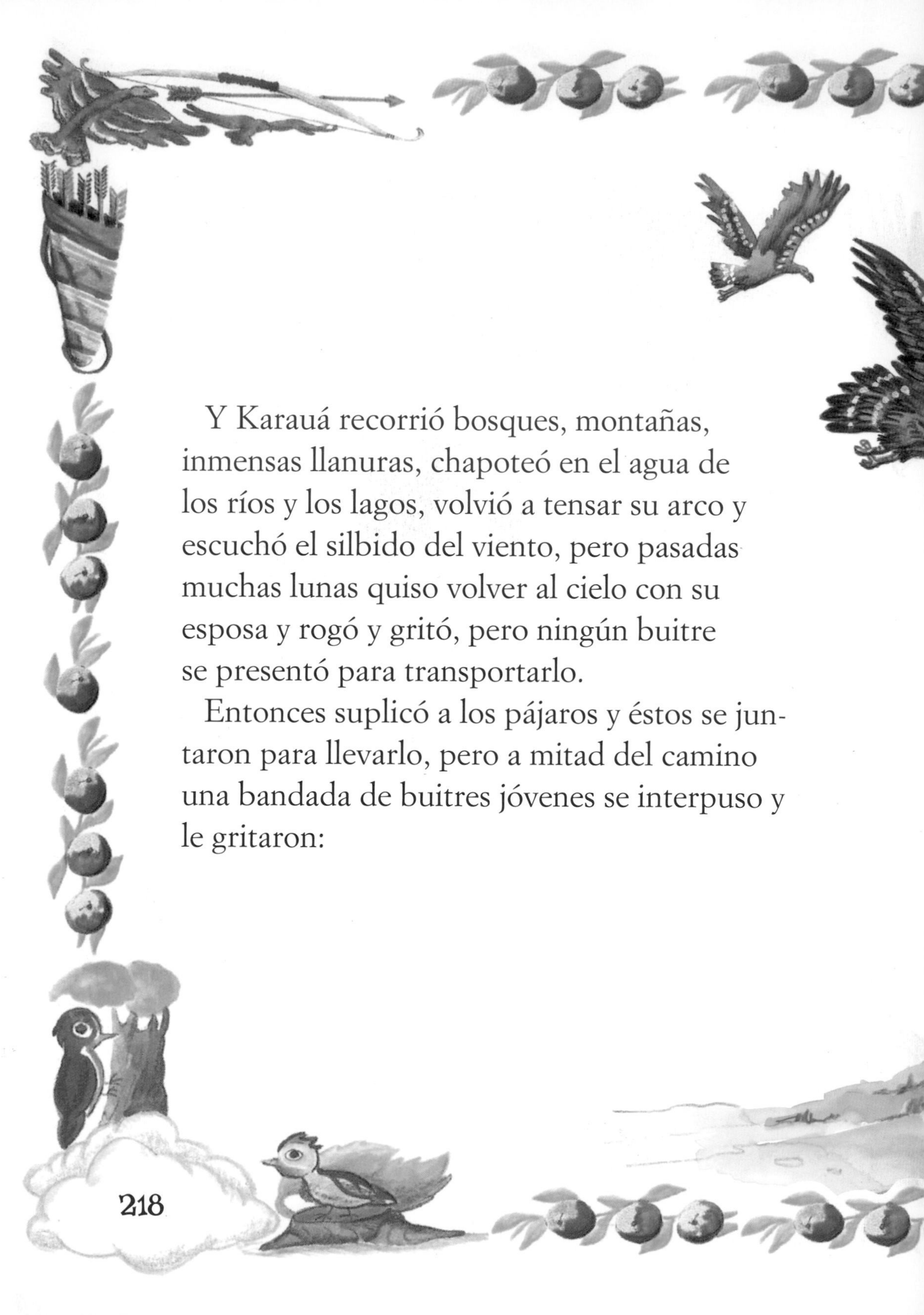

Y Karauá recorrió bosques, montañas, inmensas llanuras, chapoteó en el agua de los ríos y los lagos, volvió a tensar su arco y escuchó el silbido del viento, pero pasadas muchas lunas quiso volver al cielo con su esposa y rogó y gritó, pero ningún buitre se presentó para transportarlo.

Entonces suplicó a los pájaros y éstos se juntaron para llevarlo, pero a mitad del camino una bandada de buitres jóvenes se interpuso y le gritaron:

—Qué vienes a hacer acá, éste no es tu espacio. Tú te fuiste, ahora no tienes por qué volver.

Y como Karauá seguía subiendo, se lanzaron contra él, los pájaros huyeron en desbandada y Karauá cayó en picada.

Y hay quien dice que sigue cayendo todavía.

WALUMBE LLEGA A LA TIERRA

Cuentan las abuelas a sus nietos que, cuando en la tierra no había sino piedras, pasto y hierbas, Kindu era el único hombre que la habitaba. Para sobrevivir, se alimentaba de la leche de una vaca.

Un día, Gun, dios del cielo, decidió que su hija Nambi y su hijo Walumbe debían bajar a la tierra.

En cuanto Nambi vio al joven Kindu, hermoso y libre, se enamoró de él. Y Kindu también quedó prendado de Nambi, la hija del

dios del cielo. Decidieron casarse y Nambi se lo confesó a su hermano Walumbe:

—Tendrás que consultarlo con nuestro padre —respondió Walumbe, y los hermanos regresaron al cielo con tal propósito.

Gun escuchó a su hija y le pidió que esperara un tiempo. Quería poner a prueba al muchacho para cerciorarse de su valentía y de su inteligencia, y darle así la oportunidad de demostrar que era digno de desposarse con la hija de un dios.

Para ello, Kindu fue llevado al cielo. Cuando vio los inmensos palacios celestiales, los grandes rebaños de vacas, cabras y ovejas, y la multitud de gallinas corriendo entre los platanares, quedó maravillado por tanta riqueza y abundancia. Gun le llamó a su presencia y solemnemente le propuso:

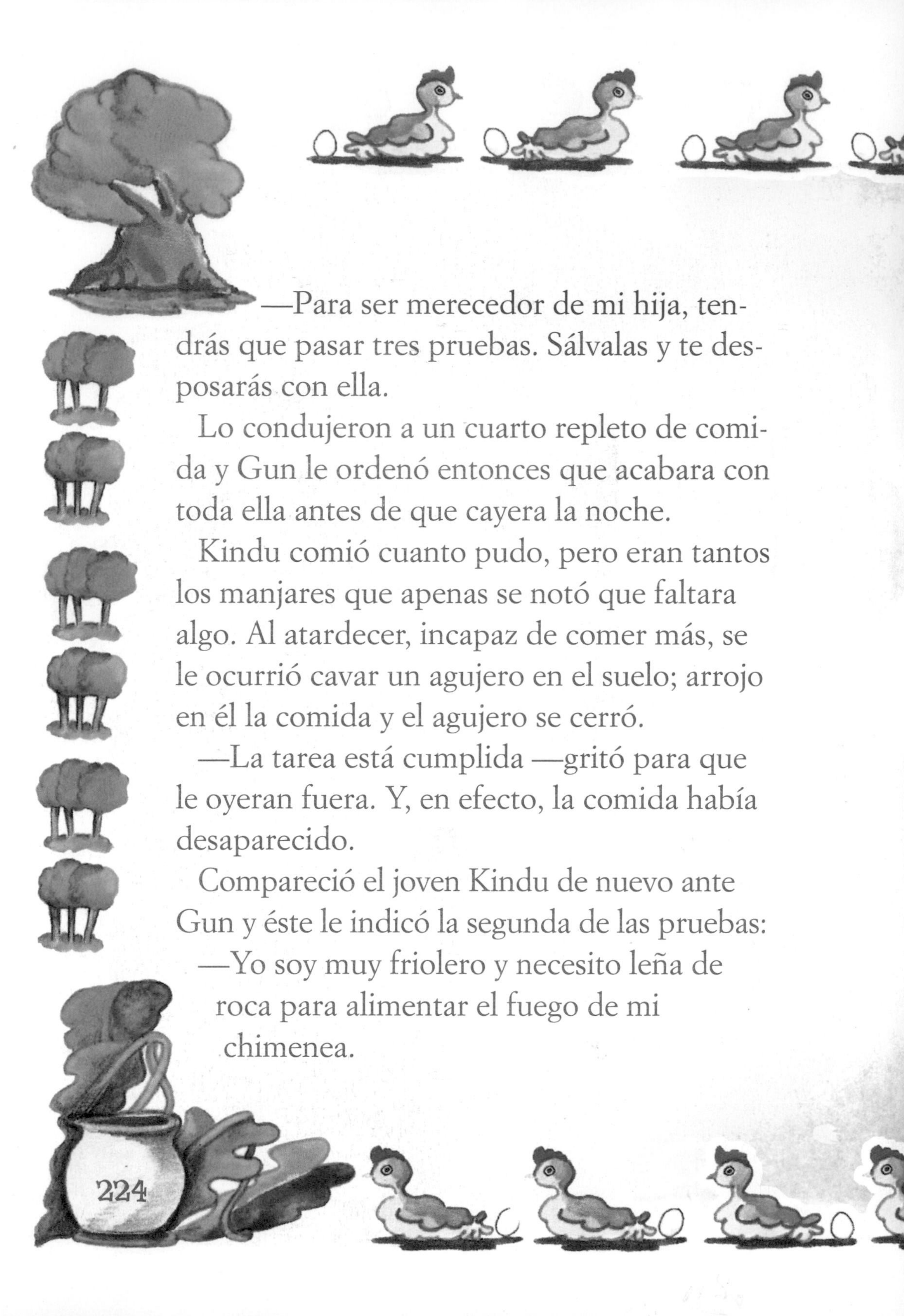

—Para ser merecedor de mi hija, tendrás que pasar tres pruebas. Sálvalas y te desposarás con ella.

Lo condujeron a un cuarto repleto de comida y Gun le ordenó entonces que acabara con toda ella antes de que cayera la noche.

Kindu comió cuanto pudo, pero eran tantos los manjares que apenas se notó que faltara algo. Al atardecer, incapaz de comer más, se le ocurrió cavar un agujero en el suelo; arrojo en él la comida y el agujero se cerró.

—La tarea está cumplida —gritó para que le oyeran fuera. Y, en efecto, la comida había desaparecido.

Compareció el joven Kindu de nuevo ante Gun y éste le indicó la segunda de las pruebas:

—Yo soy muy friolero y necesito leña de roca para alimentar el fuego de mi chimenea.

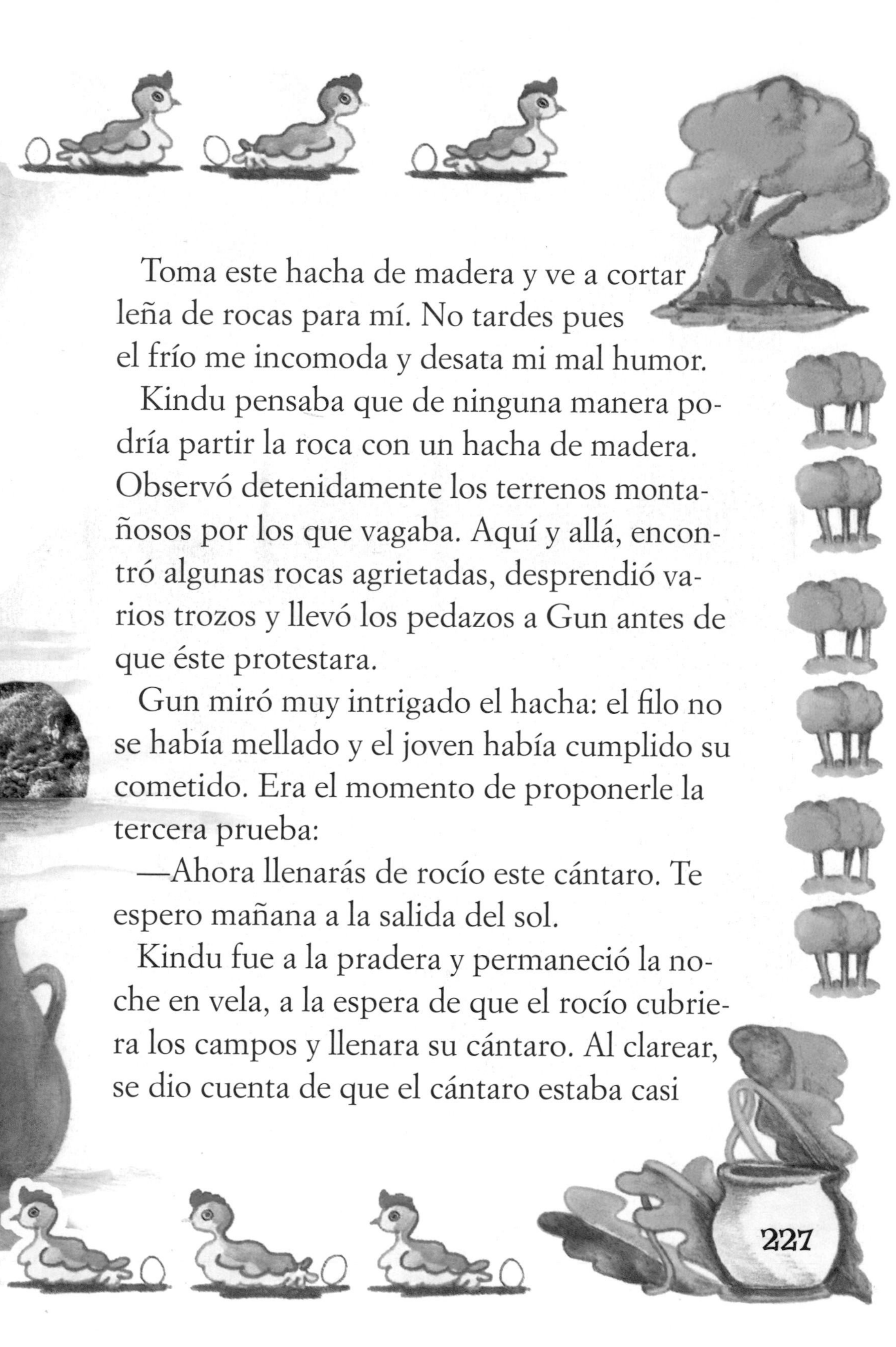

Toma este hacha de madera y ve a cortar leña de rocas para mí. No tardes pues el frío me incomoda y desata mi mal humor.

Kindu pensaba que de ninguna manera podría partir la roca con un hacha de madera. Observó detenidamente los terrenos montañosos por los que vagaba. Aquí y allá, encontró algunas rocas agrietadas, desprendió varios trozos y llevó los pedazos a Gun antes de que éste protestara.

Gun miró muy intrigado el hacha: el filo no se había mellado y el joven había cumplido su cometido. Era el momento de proponerle la tercera prueba:

—Ahora llenarás de rocío este cántaro. Te espero mañana a la salida del sol.

Kindu fue a la pradera y permaneció la noche en vela, a la espera de que el rocío cubriera los campos y llenara su cántaro. Al clarear, se dio cuenta de que el cántaro estaba casi

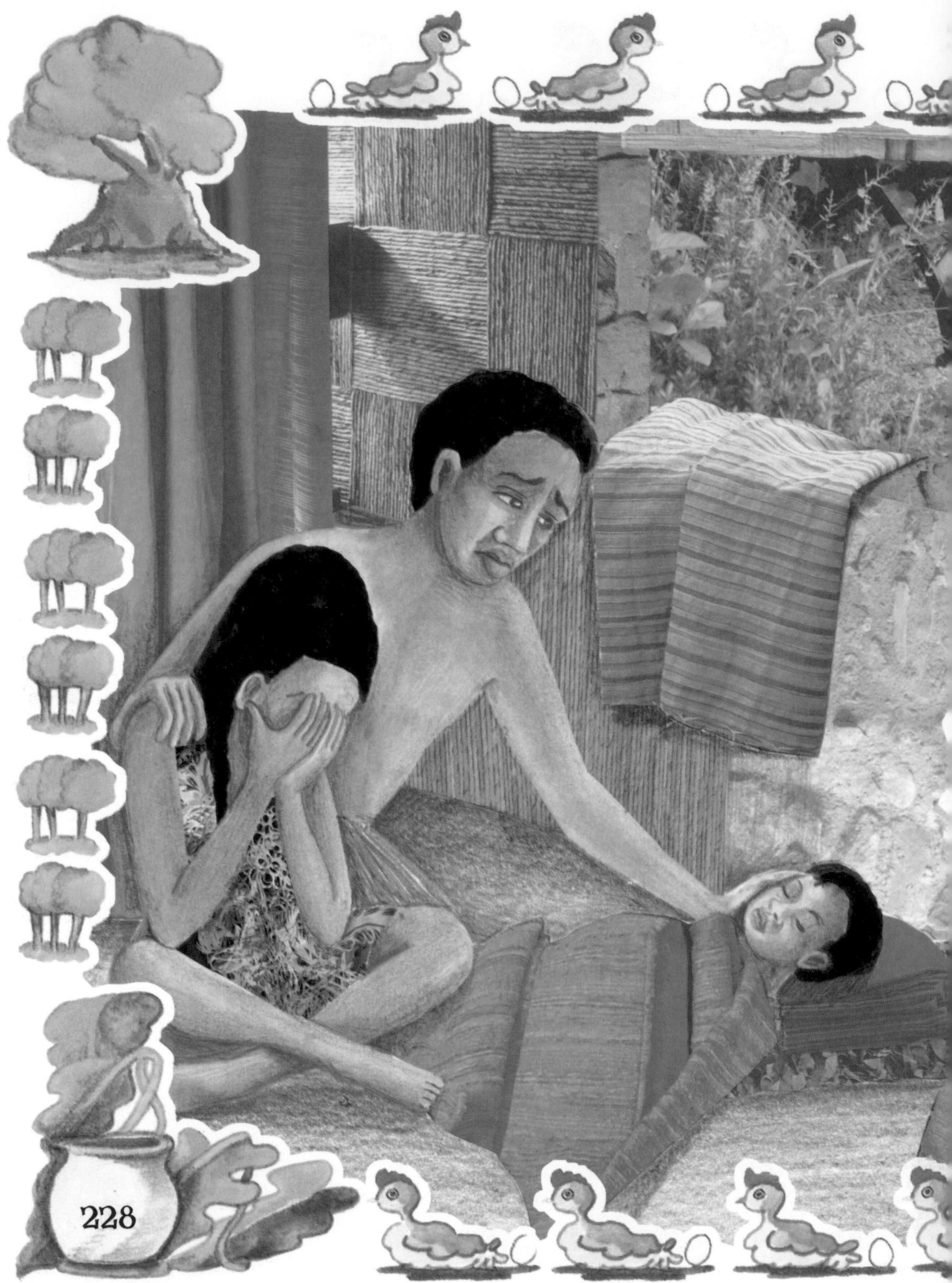

vacío. Pero vio también que todas las hojas de los árboles lloraban gotas cristalinas de rocío. Con estas gotas llenó el cántaro hasta el tope y acudió a la presencia de Gun.

—Sin duda, eres merecedor de casarte con mi hija —dijo Gun—. Yo les doy mi consentimiento.

Para que no les faltara de nada, les regaló también una cabra, una oveja, una gallina, un árbol de plátano y semillas de todas las plantas que pudieran servirles de alimento. Y al despedirse, Gun les aconsejó:

—Walumbe no debe saber nada de todo esto pues se despertará su envidia y querrá también irse a la tierra.

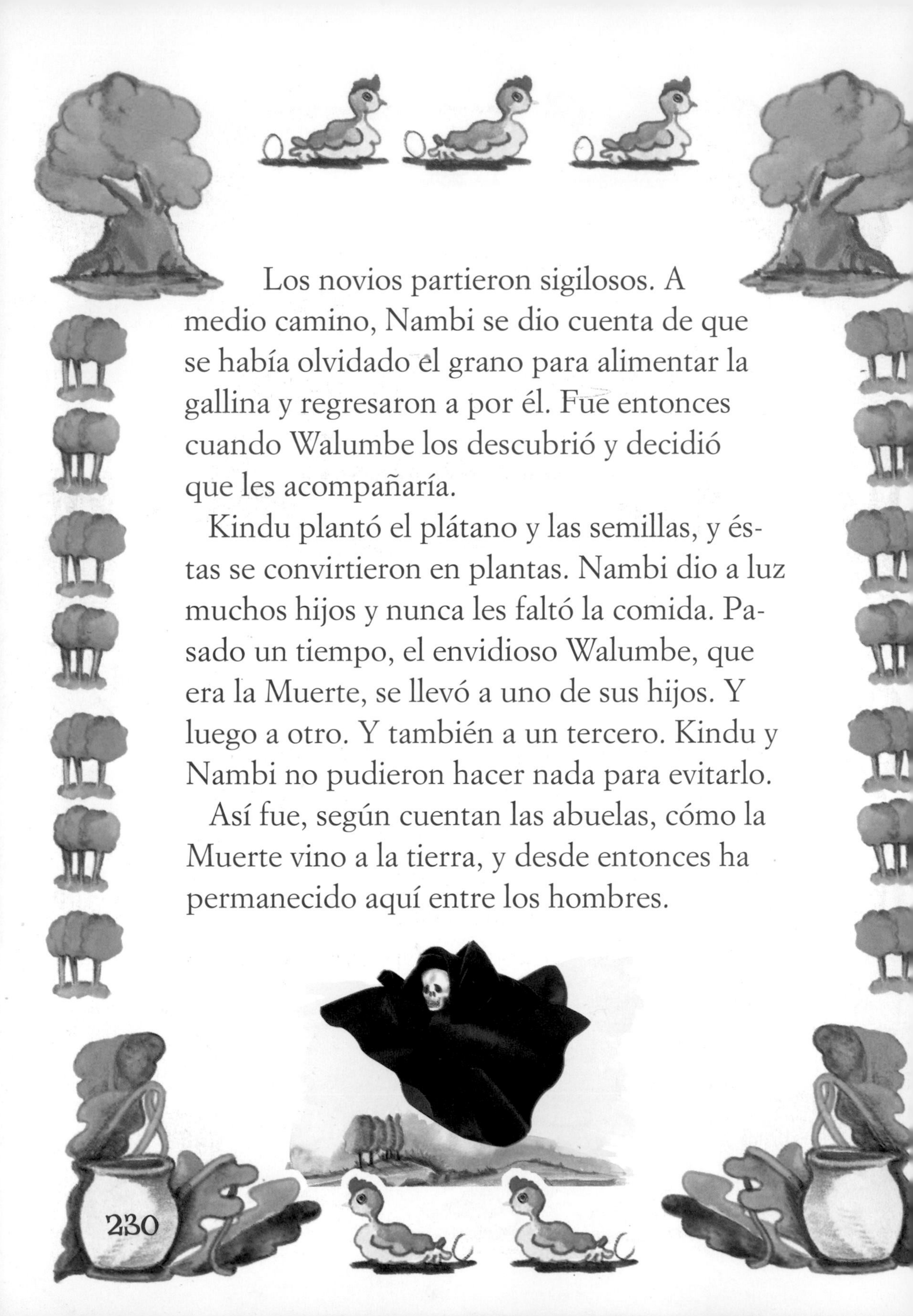

Los novios partieron sigilosos. A medio camino, Nambi se dio cuenta de que se había olvidado el grano para alimentar la gallina y regresaron a por él. Fue entonces cuando Walumbe los descubrió y decidió que les acompañaría.

Kindu plantó el plátano y las semillas, y éstas se convirtieron en plantas. Nambi dio a luz muchos hijos y nunca les faltó la comida. Pasado un tiempo, el envidioso Walumbe, que era la Muerte, se llevó a uno de sus hijos. Y luego a otro. Y también a un tercero. Kindu y Nambi no pudieron hacer nada para evitarlo.

Así fue, según cuentan las abuelas, cómo la Muerte vino a la tierra, y desde entonces ha permanecido aquí entre los hombres.

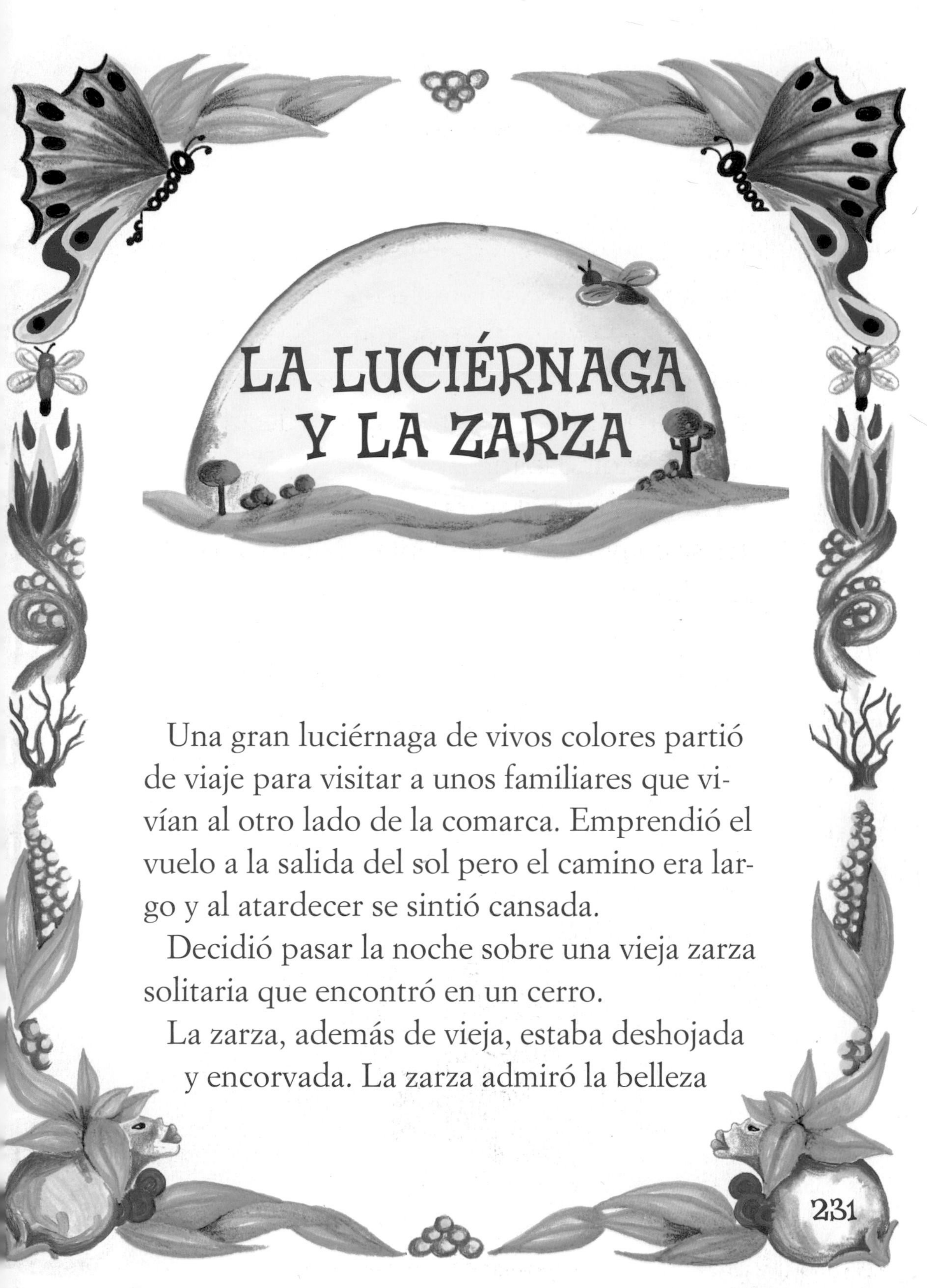

LA LUCIÉRNAGA Y LA ZARZA

Una gran luciérnaga de vivos colores partió de viaje para visitar a unos familiares que vivían al otro lado de la comarca. Emprendió el vuelo a la salida del sol pero el camino era largo y al atardecer se sintió cansada.

Decidió pasar la noche sobre una vieja zarza solitaria que encontró en un cerro.

La zarza, además de vieja, estaba deshojada y encorvada. La zarza admiró la belleza

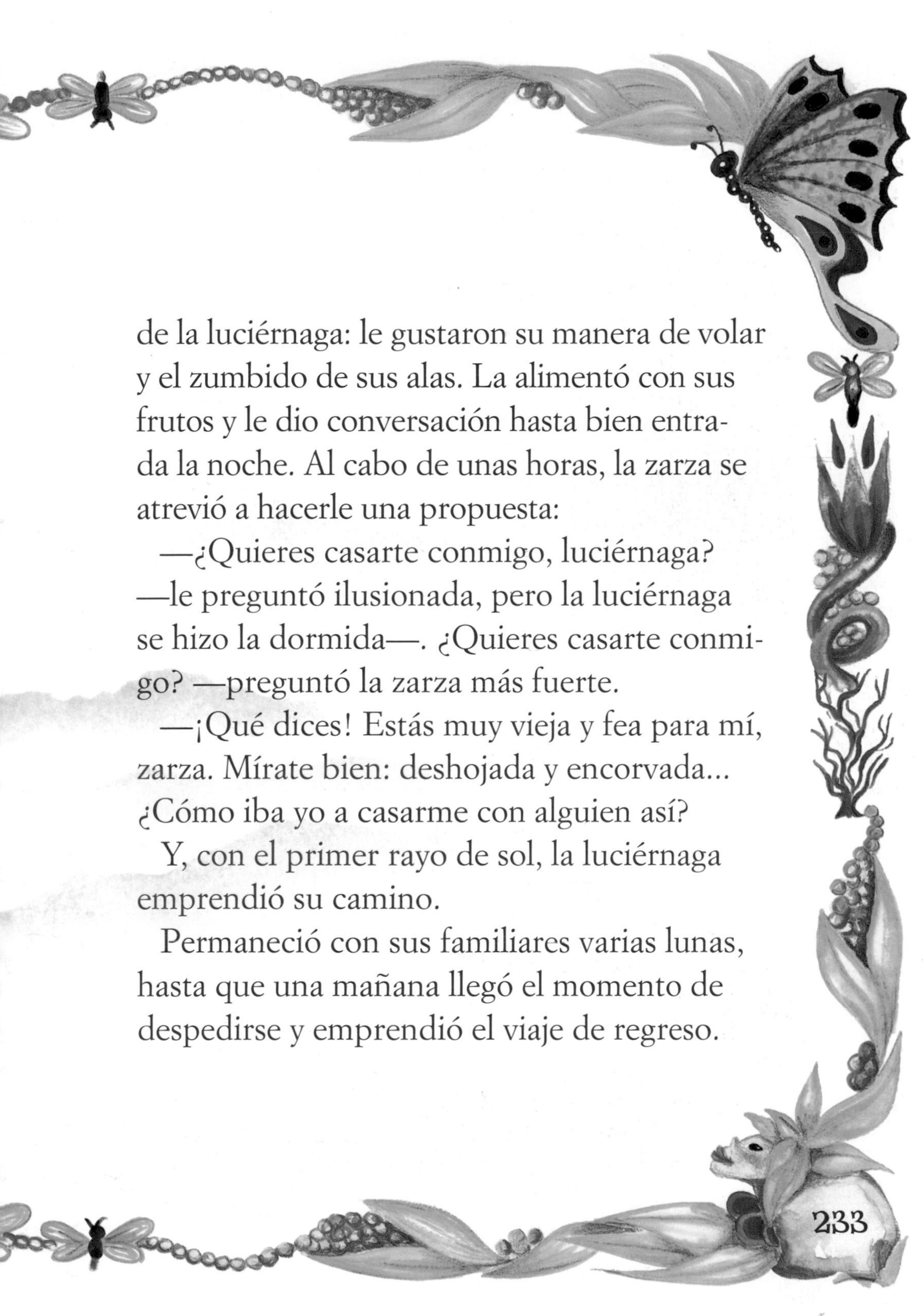

de la luciérnaga: le gustaron su manera de volar y el zumbido de sus alas. La alimentó con sus frutos y le dio conversación hasta bien entrada la noche. Al cabo de unas horas, la zarza se atrevió a hacerle una propuesta:

—¿Quieres casarte conmigo, luciérnaga? —le preguntó ilusionada, pero la luciérnaga se hizo la dormida—. ¿Quieres casarte conmigo? —preguntó la zarza más fuerte.

—¡Qué dices! Estás muy vieja y fea para mí, zarza. Mírate bien: deshojada y encorvada... ¿Cómo iba yo a casarme con alguien así?

Y, con el primer rayo de sol, la luciérnaga emprendió su camino.

Permaneció con sus familiares varias lunas, hasta que una mañana llegó el momento de despedirse y emprendió el viaje de regreso.

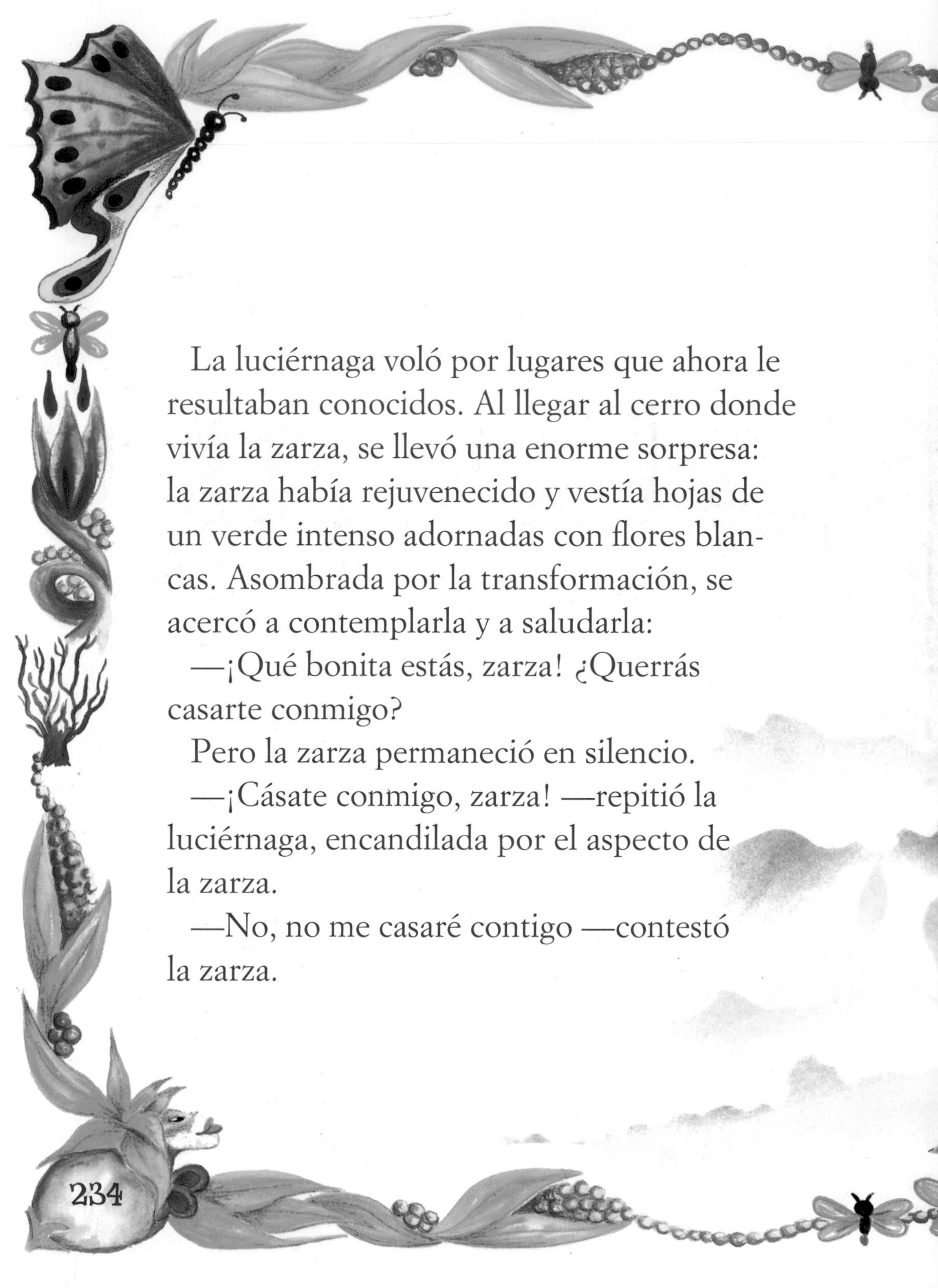

La luciérnaga voló por lugares que ahora le resultaban conocidos. Al llegar al cerro donde vivía la zarza, se llevó una enorme sorpresa: la zarza había rejuvenecido y vestía hojas de un verde intenso adornadas con flores blancas. Asombrada por la transformación, se acercó a contemplarla y a saludarla:

—¡Qué bonita estás, zarza! ¿Querrás casarte conmigo?

Pero la zarza permaneció en silencio.

—¡Cásate conmigo, zarza! —repitió la luciérnaga, encandilada por el aspecto de la zarza.

—No, no me casaré contigo —contestó la zarza.

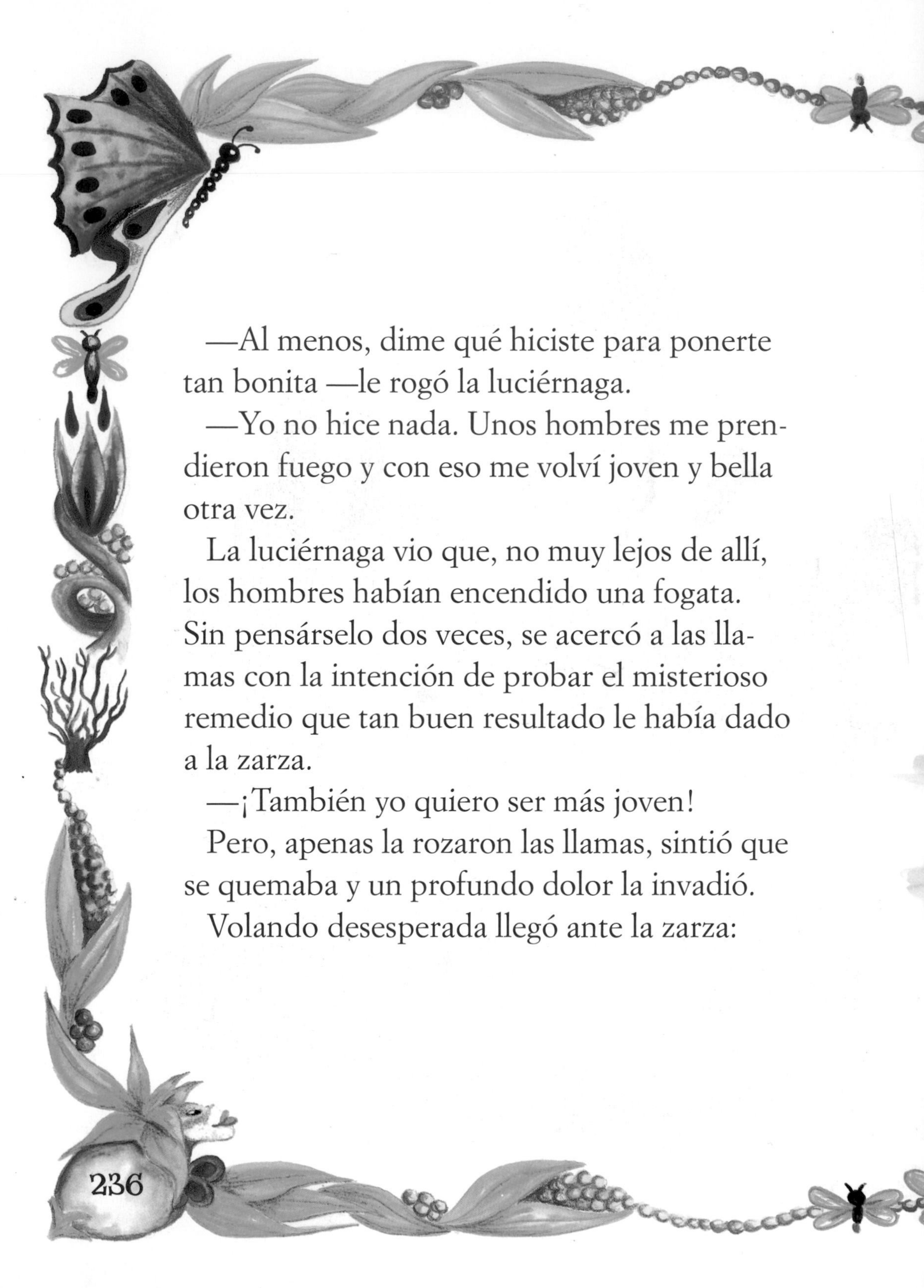

—Al menos, dime qué hiciste para ponerte tan bonita —le rogó la luciérnaga.

—Yo no hice nada. Unos hombres me prendieron fuego y con eso me volví joven y bella otra vez.

La luciérnaga vio que, no muy lejos de allí, los hombres habían encendido una fogata. Sin pensárselo dos veces, se acercó a las llamas con la intención de probar el misterioso remedio que tan buen resultado le había dado a la zarza.

—¡También yo quiero ser más joven!

Pero, apenas la rozaron las llamas, sintió que se quemaba y un profundo dolor la invadió.

Volando desesperada llegó ante la zarza:

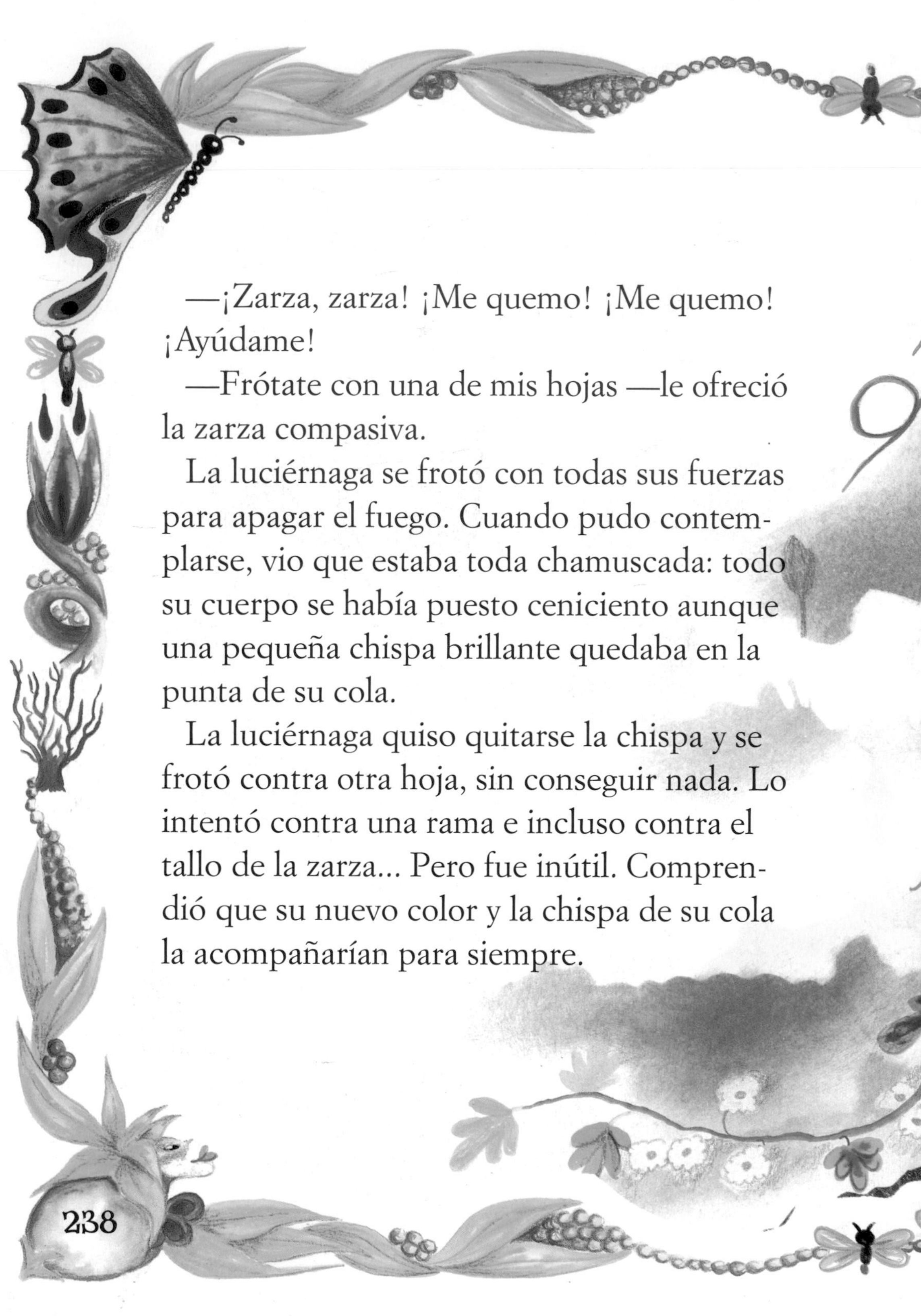

—¡Zarza, zarza! ¡Me quemo! ¡Me quemo! ¡Ayúdame!

—Frótate con una de mis hojas —le ofreció la zarza compasiva.

La luciérnaga se frotó con todas sus fuerzas para apagar el fuego. Cuando pudo contemplarse, vio que estaba toda chamuscada: todo su cuerpo se había puesto ceniciento aunque una pequeña chispa brillante quedaba en la punta de su cola.

La luciérnaga quiso quitarse la chispa y se frotó contra otra hoja, sin conseguir nada. Lo intentó contra una rama e incluso contra el tallo de la zarza... Pero fue inútil. Comprendió que su nuevo color y la chispa de su cola la acompañarían para siempre.

Avergonzada por su aspecto, toda raspada y ennegrecida, partió la luciérnaga hacia su casa.

Desde entonces, las luciérnagas tienen ese color negruzco pero conservan una lucecita en la cola, con la cual iluminan las oscuras noches. Y desde entonces también, las luciérnagas rondan las zarzas cuando están en flor, con la esperanza de poder enamorarlas algún día.